AF229937

JANE OSBORN,

DRAME EN QUATRE ACTES,

PAR

MADAME LÉONIE D'AUNET,

REPRÉSENTÉ POUR LA PREMIÈRE FOIS, A PARIS, SUR LE THÉATRE DE LA PORTE-SAINT-MARTIN, LE 30 JANVIER 1855.

Distribution de la Pièce :

JANE OSBORN	Mme Lucie Mabire.	HARRY	M.	Escuard.	ALICE	Mme Ursule Lizard.
GEORGES LAMBEL	M. Desbaits.	SMITH	M.	Patel.	KATE WILSON	Mme Colleau.
LORD NOTTINGHAM	M. Lecier.	UN PAYSAN	M.	Pépin.	Mlle CHRISTMAS	Mme Astrec.
EDOUARD GABILLAN	M. Alfred Byron.	UN MENDIANT	M.	Quesne.	PÉNÉLOPE	Mme Toch-Petit.
CORNHILL	M. Ambroise.	UN MAITRE D'HOTEL	M.	Eugène.	FLORA	Mme Denoyer.
ARTHUR	M. Varnay.	UN PASTEUR	M.	Daniele.	MARTHA	Mme Morin.

INVITÉS, MENDIANTS, PAYSANS.

Le 1er acte se passe à Édimbourg, en Écosse; le 2e et le 3e dans un comté d'Angleterre; le 4e à Calais, en France. 18..

ACTE PREMIER.

Chambre simple et propre. Au fond, cheminée; petites portes de chaque côté, celle de droite ouvrant sur un corridor, celle de gauche sur un cabinet noir. Au premier plan, à gauche, porte battante. A droite, une alcôve, ri deaux blancs. Auprès, une petite table à ouvrage; une lampe avec un abat-jour vert; la lampe est allumée. Un fauteuil, quelques chaises de paille.

SCÈNE PREMIÈRE.

MADAME CHRISTMAS, puis NOTTINGHAM.

(Elle est censée mettre la chambre en ordre.)

Madame Kate Wilson est certainement la plus honnête femme d'Edimbourg. D'abord, si elle ne l'était pas.... une institutrice de demoiselles.... ça lui ferait du tort.... et la vertu, du moment que ça rapporte, on peut être sûr que c'est vissé dans le cœur. Mais m'ame Wilson a une amie....

et voilà où commence le vilain, une demoiselle avec un enfant! Madame Wilson essaye de la faire passer pour veuve, mais on devine bien ce qui ça est! Recevoir cela chez soi, lui donner une des chambres d'en haut; ce n'est pas un palais, c'est vrai, mais c'est gentil, et puis enfin c'est un toit.... et m'ame Wilson héberge le vice ! ça me suffit que, moi !... Je ne m'en suis pas cachée à l'institutrice, et j'ai bien idée qu'elle commence à s'en mordre les doigts ! Hé! on est portière, mais on sa t ce qu'on doit à son sexe. *(Elle prend une prise.)* Et puis ça reçoit des lettres ! *(Elle en tire une de sa poche et lit.)* « Madame Jane Osborn, chez madame Kate Wilson, maîtresse de pensionnat, Bishop's street, à Édimbourg. » Timbrée de Londres ... six pence, c'est encore madame Wilson qui payera celle-là.

NOTTINGHAM. *Il est entré, s'est approché, et par-dessus l'épaule de Christmas, a déchiffré la suscription.* Bon ! c'est bien ici.

CHRISTMAS, *que le devant à droite, se retournant avec effroi.* On a parlé! Un homme ! un

homme ici ! il ne manquait plus que cela.... Ah! au pauvre m'ame Wilson! Allez-vous satir, intrigant, libertin que vous êtes !

NOTTINGHAM. C'est une lettre à l'adresse de Jane Osborn que vous tenez là.

CHRISTMAS. Eh bien ! quand cela serait ?... Je ne sais pas si l'on entre comme l'on veut chez Jane Osborn ; vous n'êtes pas ici chez elle, jeune homme.... vous êtes chez maîtress Kate Wilson.... monsieur ! femme sans reproche, j'ose le dire, et c'est moi qui vous l'apprend ... moi, Jésabel Christmas, femme sans peur, entendez-vous !

NOTTINGHAM. Voici un souverain d'or.... donnez-moi la lettre.

CHRISTMAS. Qu'est-ce qu'il ose me proposer ! vendre une lettre.... trahir la confiance des locataires.... Il est vrai que cette Jane n'est pas une locataire.... elle ne paye pas de loyer, mais c'est égal ! Livrer le secret des familles ! Tout au plus si qu'on n'aurait pas cette lettre.... C'est de l'abomination, ça, jeune homme !

NOTTINGHAM, prenant une banknote dans son portefeuille. Allons, laissez-vous, et donnez-moi cette lettre, voici des livres.

CHRISTMAS. Sterling?

NOTTINGHAM. Parfaitement.

CHRISTMAS, elle prend la banknote. Prenez, mylord.

NOTTINGHAM, relisant l'adresse. De Londres.... De son séducteur sans doute.., J'ai bien fait. (Il ouvre la lettre.)

CHRISTMAS. Il décachète la lettre!... Je vois faire là une chose très-forte. (Elle va au berceau.) La petite dort, heureusement. Autrement elle pleurerait et ça ferait bien vite accourir la mère.

NOTTINGHAM, lisant. Bon! Je m'en doutais! Une rupture! Ce petit cousin-là n'est qu'un maraud sans vergogne..., mais le coquin fait parfaitement mes affaires! (Il met la lettre dans sa poche.)

CHRISTMAS. Il met complètement la lettre dans sa poche. C'est très fort, très-fort!

NOTTINGHAM. Bonne femme!

CHRISTMAS, tendant la main. Mylord?

NOTTINGHAM, lui donnant une tape sur la main. Tout à l'heure. Où est-elle?

CHRISTMAS. Qui?

NOTTINGHAM. Jane Osborn.

CHRISTMAS. Tiens donc! Elle fait dire la prière du soir à la petite classe des enfants, des collèges, quoi!

NOTTINGHAM. Quelles ressources a-t-elle?

CHRISTMAS. Des ressources! celle de s'aller flanquer à l'eau si m'ame Wilson l'abandonne.

NOTTINGHAM. Madame Wilson, la maîtresse d'école, créature vulgaire! une charité étroite, une vertu à l'épreuve du boulet.... finalement, une très bonne femme, à l'égoïsme près.... n'est-ce pas ça?

CHRISTMAS. Eh bien, continuez, ne vous gênez pas! On vous en donnera des brebis sans tache pour les arranger comme cela! M'ame Wilson, c'est l'honneur du quartier!...

NOTTINGHAM. Je m'en doute bien.

CHRISTMAS. Et si elle m'en croit, elle ne tardera pas à prendre un parti, attendu qu'on commence à savoir dans le voisinage que cette Jane, avec sa petite, n'est pas une créature à faire coucher sous le même toit que des gens honnêtes....

NOTTINGHAM. Bien!... on l'aidera dans ces excellentes résolutions.... Kate Wilson a dix ou douze pensionnaires, n'est-ce pas?

CHRISTMAS. Elle en a bien quatorze, et de la bonne société encore..... des filles de constables et de gros brasseurs retirés.

NOTTINGHAM. Elle n'en aura que sept avant peu.

CHRISTMAS. Parce que?

NOTTINGHAM. Taisez-vous.

CHRISTMAS. Que je me taise? (Elle tend la main.)

NOTTINGHAM. Tout à l'heure.... Reçoit-elle du monde?

CHRISTMAS. La créature?

NOTTINGHAM. Jane Osborn.

CHRISTMAS. Non.... personne. Ah! si!... Ah! si!... une manière d'étudiant. (Avec sévérité.) Oui, monsieur, elle reçoit des étudiants.

NOTTINGHAM. Son nom?

CHRISTMAS. Lambel.... Georges Lambel.

NOTTINGHAM. Madame Kate Wilson permet qu'un étudiant vienne familièrement chez son amie?

CHRISTMAS. M'ame Wilson est une pauvre honnête femme qu'on abuse.... Mais nous commençons à lui faire ouvrir les yeux.

NOTTINGHAM. Vous faites bien. Je serai reconnaissant. (Elle tend la main.) Tout à l'heure. Avez-vous une armoire à mon service?

CHRISTMAS, étonnée. Une armoire!... Vous avez besoin d'une armoire?

NOTTINGHAM, ouvrant le cabinet du fond à gauche. Inutile!... ceci fera mon affaire.... Adieu, madame Christmas. (A part.) Je me suis toujours demandé à quoi servaient les vieilles femmes. Je le sais maintenant : elles servent à perdre les jeunes. (Il va pour s'enfermer.)

CHRISTMAS, s'y opposant. Mais que fait-il?) songez-vous? Seriez-vous un Lovelace par hasard? Ah! mais, c'est que....

NOTTINGHAM. C'est juste! Je vous dois encore dix livres.

CHRISTMAS. Sterling?

NOTTINGHAM. Toujours. (Il lui donne une banknote.)

CHRISTMAS. Mylord, prenez bien garde aux meubles. (Elle ferme.) C'est qu'on n'y voit goutte, et que s'il renversait une chaise, ça pourrait.... Après cela, c'est leurs affaires.... Il ne convient pas à Jésabel Christmas, femme intacte, de se mêler à toutes ces incamités.... Je n'ai rien vu. (Prêtant l'oreille.) Je crois que voici notre princesse. Au port d'armes. (Elle reprend son plumeau.)

SCÈNE II.

JANE OSBORN, CHRISTMAS, NOTTINGHAM, caché.

JANE. C'est vous, Christmas?

CHRISTMAS. Si elle disait mistress Christmas, ça ne l'étranglerait pas.

JANE, elle va écarter les rideaux. Alice ne s'est pas éveillée?

CHRISTMAS. Comment s'éveillerait-elle?... Je ne fais pas plus de bruit qu'une ombre!

JANE, à part souriant. Et guère plus de besogne. (A Christmas.) Il ne m'est pas venu de lettres de Londres?

CHRISTMAS. Une lettre! Vous croyez que je serais capable de garder une lettre ou de la détourner? Moi! femme Christmas! Je suis nette comme l'hermine, moi, et je puis marcher tête haute, moi, mademoiselle. Je veux dire... madame....

JANE. Calmez-vous, ma chère madame Christmas. Où prenez-vous que j'aie le plus léger soupçon? Je vous demande simplement si cette lettre que j'attends de Londres n'est point arrivée?

CHRISTMAS. Une lettre de votre... mari, peut-être... du père de....

JANE. Une lettre. Voilà tout.

CHRISTMAS. Que vous attendez?

JANE, à part les yeux au ciel. Hélas!

CHRISTMAS. J'ai idée que vous l'attendrez longtemps.

JANE, vivement. Pourquoi cela?

CHRISTMAS, haussant les épaules. Je ne sais pas.... une simple idée. Bien le bonsoir, madame Jane.

JANE. Ah! fermez exactement la porte d'entrée, au fond du corridor, et ne laissez monter personne.

CHRISTMAS. Excepté l'étudiant, sans doute!

JANE, vivement. M. Georges! l'avez-vous vu? Est-il revenu de Glascow?

CHRISTMAS. Ah! il est donc allé à Glascow?

JANE. Et doit être, en effet, de retour ce soir ou demain matin, (à part) ma dernière espérance. (Haut.) Oui, laissez-le monter.... n'importe à quelle heure. Allez!

CHRISTMAS, à part. N'importe à quelle heure! Et l'honorable madame Kate Wilson tolère de pareilles infamies dans sa maison. Oh!

JANE, distraite. Plaît-il?

CHRISTMAS. Rien.... rien.... je me retire... (à elle-même.) N'importe à quelle heure! Bonsoir, madame.

JANE. Bonsoir, Christmas.

CHRISTMAS. N'importe à quelle heure! (Elle sort.)

SCÈNE III.

JANE, NOTTINGHAM.

JANE, elle a écarté les rideaux et contemple sa fille endormie. Elle dort... elle rit. Oh! que les rêves soient doux et joyeux pendant que les larmes brûlent mes yeux! Cher être, toute ma vie est en toi.... Dors, ma petite fille bénie, dors, mon enfant, tu es mon crime devant les hommes, que ton sourire d'ange plaide pour moi devant Dieu!.. (Elle baise l'enfant au front.) Remettons-nous au travail.... Je passerais la nuit à la regarder. Comme cela, j'attendrai Georges en trompant mon impatience.... que m'apportera-t-il? la vie ou la mort? Et rien de Londres! Pas un mot, pas un souvenir! Cette vilaine Christmas dit vrai peut-être. Voyons, envisageons le sort avec sang-froid.... Je connais Kate.... cœur bon, mais étroit... Je la vois se refroidir à vue d'œil.... Or, si ma famille me repousse, et si Dudley m'abandonne....

NOTTINGHAM, il est sorti lentement du cabinet et s'est approché de Jane sans être aperçu d'elle. Il ne vous restera plus que moi, ma belle Jane.

JANE, étouffe un cri, et regarde Nottingham. Vous, mylord! Je ne vous ai pas entendu venir.

NOTTINGHAM. Vous ne m'attendiez pas.

JANE. Et vous, à ce que je vois, mylord, vous ne me connaissez pas.

NOTTINGHAM. Vous êtes la plus belle fille que je sache, et je vous aime.... Je n'en désire pas connaître davantage.

JANE. Je suis une fille perdue, dites le mot, et comme vous aimez la dépravation, vous espérez la trouver en moi.

NOTTINGHAM. La remarque est dure, ma belle effarouchée,... mais je vous pardonne; la solitude vous aigrit.

JANE, regardant le berceau. Je ne suis jamais seule, monsieur le comte.

NOTTINGHAM, souriant. C'est juste!... Vous êtes là, douce et charmante mère, veillant sur un berceau.

JANE, simplement. Non, c'est le berceau qui veille sur moi.

NOTTINGHAM, s'asseyant. Voulez-vous que nous parlions raison?

JANE. Nous nous entendrons difficilement sur les mots, mylord.

NOTTINGHAM. Quand je suis entré, cependant, vous étiez en train de supposer une accumulation de désastres...,

JANE. Oh! oui, mais.... ce n'est pas vous qui étiez au bout de tout cela.

NOTTINGHAM, la regardant fixement, à part. Une mère ne se tue pas. (Haut.) Ainsi donc, vous admettez que tout peut vous manquer à la fois?

JANE. Voyez comme nos situations sont différentes, mylord, ce serait là mon désespoir, et c'est là votre espérance.

NOTTINGHAM. Mon Dieu, au lieu de parler de moi... préférez-vous que nous causions de Dudley, de ce garçon qui vous a séduite?

JANE. Où voulez-vous en venir?

NOTTINGHAM. A ceci, ma chère enfant : Votre Dudley, nature ingrate et faible, est fort au-dessous de la tâche que lui imposent ses serments et votre amour. Le voilà, depuis un an, vaguant dans les rues de Londres, sans position, sans avenir, sans courage. Pauvre et triste nature, je vous le répète, et vous le savez! Et bien mieux, c'est que vous ne l'aimez plus!

JANE, se lève. Et quand cela serait?

NOTTINGHAM, il se lève. Je viendrais alors vous rendre un de ces services qu'une femme n'oublie pas... je viendrais vous dire : calmez votre conscience, Jane ; ne vous reprochez pas de ne plus aimer votre cousin.... Dudley est un drôle; il ne mérite, en effet, que votre oubli.

JANE. Quoi! Vous osez dire...?

NOTTINGHAM. Lisez! (Il lui remet la lettre décachetée à la Christmas.)

JANE, regardant au bas de la lettre. De Dudley! (Après avoir lu.) Lâche! lâche! (Elle la froisse. Se retournant vers le berceau.) Pauvre enfant!

NOTTINGHAM. Eh bien, Jane?

JANE. Oui, oui, je comprends.... manière de me dire : fille perdue, fille abandonnée, fille désespérée.... sois ma maîtresse! (Elle étouffe un sanglot.)

NOTTINGHAM. Allons, toujours les grands mots qui effrayent, jamais la chose vraie qui rassure... vous avez été élevée dans votre famille puritaine, nourrie de préjugés d'une sévérité mesquice, et vous êtes sortie de là, ignorante et farouche, avec une faute dont vous vous faites un titre, quand on ne demande pas mieux que d'y trouver un charme. Ma maîtresse! Savez-vous ce que c'est que d'être la maîtresse du comte de Nottingham?... C'est vivre dans le luxe d'un demi-million de rente, dans la joie, dans la lumière. C'est quitter cet affreux petit taudis, où vous mourrez d'ennui, pour venir resplendir dans une sphère où la beauté est seule vraiment puissante. C'est avoir tout enfin : le plaisir, l'autorité, l'influence!

JANE. Et le mépris.

NOTTINGHAM, *avec hauteur.* Le mépris de qui?

JANE. Des honnêtes gens!

NOTTINGHAM. En effet, Jane, nous ne nous entendons pas sur les mots! les honnêtes gens... Je connais de pauvres et ridicules fantômes qui osent porter ce nom.

JANE. Mylord!

NOTTINGHAM. Vous parlez de mépris, Jane. Encore un de ces mots larges et complaisants où l'opinion se meut avec aisance. Une pauvre fille, comme vous étiez, Jane, se laisse séduire par un pauvre petit jeune homme, comme est votre cousin. On crie au scandale! C'est abominable! On méprise cela! — Mais la maîtresse d'un pair d'Angleterre, l'amie toute-puissante d'un homme tel que moi, Jane, on la ménage le premier jour; le second jour, on la craint; le troisième jour, on l'encense. (*Un silence.*)

JANE, *avec explosion.* Et ma fille, mylord! ma fille!

NOTTINGHAM. Eh! qui parle de vous en séparer. Vous emmènerez l'enfant.

JANE. Ah! j'emmènerai l'enfant. — Bien! — Et je serai votre maîtresse. — Bien! — Et l'enfant grandira dans ce milieu enivrant et impur que vous me dépeignez; et elle apprendra la corruption par sa mère.... horreur!... N'avez-vous ni mère, ni sœur, monsieur le comte! — Non! je ne vous suivrai pas! — Non, je n'ajouterai pas une honte à une faute. J'élèverai ma fille honnêtement, dans ma famille.

NOTTINGHAM. Si on vous permet d'y rentrer.

JANE. Eh bien! si on me repousse, je resterai ici. L'amie précieuse qui m'a recueillie ne m'abandonnera pas. (*Elle passe à gauche.*)

NOTTINGHAM. Kate! vous la connaissez mieux que moi.

JANE. Elle m'aime.

NOTTINGHAM. Autant qu'elle peut aimer.

JANE. Assez, assez, mylord. Je crois que nous n'avons plus rien à nous dire.

NOTTINGHAM. Au revoir donc, Jane. (*Il remonte.*) Remarquez bien que je vous dis : Au revoir! (*Il sort par la porte du fond à droite.*)

JANE, *seule, regardant la lettre.* Dudley parjure! Il a raison, ce froid tentateur! Je m'interroge avec surprise, avec effroi! Rien! La nouvelle de cet odieux abandon n'a rien remué dans mon cœur. Oh! c'est vrai. Eh bien, j'en suis heureuse, j'en suis fière. Je n'aime plus au monde que ma fille! ma fille! Elle, rien qu'elle et c'est assez.... (*Apercevant Nottingham qui vient de rentrer.*) Vous encore?

NOTTINGHAM. Pardon. Vous avez donné l'ordre à cette respectable dame Christmas de fermer la porte du corridor?

JANE. Sans doute.

NOTTINGHAM. Elle est fermée, en effet, mais à clef et la clef n'y est plus.

JANE. C'est impossible!

NOTTINGHAM. Comment, impossible! (*A part.*) J'ai la clef dans ma poche. (*Jane disparaît un instant.*) Cette créature-là, menée à quatre chevaux à Hyde-Park, ce sera éblouissant!

JANE. Je ne puis me faire entendre!

NOTTINGHAM. Je vais m'en aller par les appartements de Kate Wilson.

JANE. Non, non!

NOTTINGHAM. Avez-vous peur des propos?

JANE, *très-troublée.* J'ai peur!... Allons, vous le savez bien, mylord, on ne prête qu'aux riches. J'ai eu un amant, on m'en donnera deux.

NOTTINGHAM, *à part.* Parfaitement vrai!

JANE, *qui a ouvert la porte latérale à gauche, la referme et revient.* Malheur!

NOTTINGHAM. Qu'est-ce donc?

JANE. On vient.

NOTTINGHAM, *à part.* Bravo!

LA VOIX DE KATE, *au dehors.* Êtes-vous là, Jane! Ouvrez vite!

GEORGES, *au dehors.* C'est moi, mademoiselle, j'arrive de Glascow.

JANE. Georges!

NOTTINGHAM, *à part.* L'étudiant!

JANE, *d'une voix étouffée.* Mylord!... non. Peut... que faire?

NOTTINGHAM. Pardieu! une chose toute simple! ouvrez et ne vous occupez plus de moi. (*Il entre dans l'alcôve et tire le rideau sur lui.*)

JANE, *allant ouvrir.* Ah!... il y a des fatalités implacables! (*Elle ouvre.*)

SCÈNE IV.
JANE, KATE WILSON, GEORGES.

KATE WILSON. Mais où étiez-vous donc, ma chère Jane?

JANE, *cherchant à se remettre.* Moi!... là.... je m'étais endormie près de ma fille.

KATE WILSON. Cette chère petite Alice! Il faut que je l'embrasse!

JANE, *l'arrêtant.* Non! non! elle a tant pleuré avant de s'endormir.

GEORGES, *mettant vivement dans sa poche un des gants de Nottingham oublié sur une chaise. A part.* O Jane! Que Kate du moins ne s'en aperçoive pas!

JANE. Eh bien, Georges, vous les avez vus... là-bas?

GEORGES. Oui, Jane, je les ai vus!

JANE. Vous avez une lettre?

GEORGES. Non. (*Il se place contre l'alcôve.*)

JANE. Pas de lettre!

KATE. Hélas, pas de lettre! Voyons, Jane, il vous faut avoir du courage et de la résignation.

JANE. De la résignation. (*Eclatant en sanglots.*) Ah! ce mot-là me dit tout. (*Elle tombe assise à gauche.*)

KATE. Tenez, j'aime mieux vous raconter tout cela. Ce bon Georges tournerait autour de la vérité. Non pas qu'il ait à se plaindre de l'accueil de vos parents.... Georges est un enfant de Glascow, élevé presque dans la maison de votre père.... et puis, un honnête garçon, de l'or en barre, comme l'on dit. Oh! ne baissez pas les yeux, monsieur Georges, l'honnêteté ne court pas les rues aujourd'hui. Oh! certes non, aussi soyons fiers de notre vertu.... (*Regardant Jane qui est émue.*) Allons! elle pleure, à présent.... Vous aurais-je blessée, ma chère fille?

GEORGES, *à part.* Elle le demande!

KATE. Vrai, ma chère Jane, la force d'âme vous manque complètement. Que pourrons-nous faire de vous si vous n'avez non plus d'énergie qu'un mouton!

JANE. Ainsi Georges a vu mon père?

KATE. Certainement il l'a vu, mais M. Osborn, qui l'avait d'abord accueilli avec bonté, a soudain changé de visage, lorsque Georges a prononcé votre nom : « Ne me parlez jamais de cette malheureuse! » a-t-il dit.

JANE. Oh!

GEORGES, *bas à Kate.* Épargnez-la, ma bonne Kate!

KATE, *haut.* Hein? Quoi? Que je l'épargne! mais je ne fais que cela, cette pauvre créature n'a pas besoin de savoir comment on parle d'elle, à quoi bon! Le mal est fait! Toujours est-il que Georges a insisté; il a parlé de votre repentir, de vos larmes. Ces pauvres larmes, elles ne réparent rien du tout, hélas! Enfin, s'ils avaient voulu, on aurait pu vous installer là-bas, près d'eux, modestement, quitte à vous faire passer pour veuve! J'ai fait mon possible ici pour qu'on vous crût veuve. Mais, bah! arrêtez donc les langues de tout un quartier.

GEORGES, *à part.* Si du moins elle pouvait arrêter la sienne.

KATE. Bref! votre père a été comme un roc : « J'ai élevé, a-t-il dit, une barrière infranchis-sable entre elle et nous. Pour le monde entier, pour notre famille même, elle est morte! »

JANE, *frémissante.* Morte!

KATE. Le jour où je l'ai chassée de ma maison, j'ai envoyé des billets de faire part. Ses sœurs ont porté le deuil.

JANE, *avec désespoir.* Ah!

GEORGES, *bas à Kate.* Mais vous avez bien besoin de lui dire tout cela!

JANE. Et ma mère, ma mère?

GEORGES. Elle était souffrante; on n'a pas permis d'arriver jusqu'à elle.

JANE. Arrêté ma père! Ah! je reconnais bien là mon père! Il a une droiture impassible et froide comme un glaive. Oh! c'est bien là le même homme qui a tenu toute mon enfance courbée sous la crainte! Comment ai-je pu espérer entamer ce granit qu'il appelle sa conscience?

GEORGES. Jane, je vois par là! c'est de votre père que vous parlez ainsi, le plus honnête homme du comté de Lanark!

JANE, *avec un éclat d'égarement.* Honnête homme! honnête femme! honnêtes gens! Honnête! honnête! Ce mot-là pour moi ne sera donc plus qu'un jargon! (*Elle passe à droite.*)

KATE. Ah! Jane, ce que vous dites là est indigne, et vous me faites repentir amèrement....

JANE. Oh! pardon! c'est vrai, je m'égare.... C'est vrai.... j'ai le cœur plein de trouble, de révolte.... Pardonnez-moi, ma bonne Kate.... Je suis maudite... je souille votre maison de ma présence. Je comprends votre reproche, je vous fais du tort. Ah! bien s'est détourné de moi!

KATE. Allons, allons, du calme, mon enfant, du calme! Y a-t-il du bon sens à se mettre dans un pareil état? Du tort! du tout! Est-ce que je vous le reproche? Certainement, ça ne me fait pas de bien, et je peux le prouver. Tenez, j'ai reçu sept lettres, ce soir : sept pensionnaires qu'on me retire!

GEORGES, *à part.* Oh! quelle langue!

KATE. Eh bien! à la grâce de Dieu, s'il le faut, on vous choisira une autre demeure, on cherchera, on essayera....,

JANE. Sept pensionnaires!

KATE. Hélas! tout autant.

GEORGES, *passant au milieu.* Taisez-vous donc! ces détails lui font un mal affreux!

KATE, *avec résolution.* C'est bien. Il faut faire cesser tout cela. (*A Georges.*) On n'a pas voulu que vous vissiez ma mère. Moi, j'irai. Je prendrai ma fille dans mes bras, j'irai la lui porter, je la lui mettrai sur ses genoux. Nous verrons si elle repousse l'innocente créature. Je partirai demain au point du jour.

GEORGES. Jane, votre père est bien irrité. Attendez. (*Bas à Kate.*) Sa mère est mourante!

JANE. Je ne l'attendrai plus. Je ne puis plus attendre. (*Elle tombe assise à droite.*)

KATE, *à Georges.* Elle a raison. Pour elle comme pour moi, sa position ici devient intolérable.

GEORGES, *irrité.* Hé! taisez-vous donc! Vous faites la charité à coups de poing, vous!

KATE. Oh!

GEORGES. Laissez-nous. Vous savez que j'ai quelque influence sur elle; (*à part*) et le moment est venu d'en user. (*A Kate.*) Allez, je tâcherai de relever son courage. (*Il la pousse jusqu'à la porte de gauche.*)

KATE. Est-ce que vraiment je l'aurais chagrinée, cette pauvre Jane? Ah! je ne me le pardonnerais pas. Bien! je m'en vais! je m'en vais. (*Elle sort.*)

SCÈNE V.
JANE, GEORGES, puis NOTTINGHAM.

(*Georges va à l'alcôve et tire les rideaux.*)

GEORGES. Sortez, monsieur le comte!

JANE. Ah! cette dernière honte!

NOTTINGHAM. Quel genre de scène avez-vous l'intention de me faire, seigneur étudiant? Et, d'abord, tirez-moi d'un doute : Sommes-nous rivaux?

GEORGES, *au milieu.* Je suis le frère dévoué de Jane Osborn,... mon amitié pour elle est profonde.... (*il serre la main que Jane lui tend...*

...tant qu'elle est pure. C'est une faire injure que de m'appeler votre rival; adversaire vaudrait mieux.

JANE. Georges!

NOTTINGHAM. Adversaire! Et pourquoi? J'ai entendu, comme vous, le récit de Kate Wilson. Je ne sais si je me trompe, mais il me semble qu'en l'état des choses, je ne suis pas de trop désormais dans cette existence brisée.

GEORGES, *avec vivacité*. Mylord!

NOTTINGHAM. Eh bien?

GEORGES, *se contenant*. Jane! oui ou non, aimez-vous lord Nottingham?

JANE, Lui! lui! (*Bas, d'une voix étouffée.*) Oh! Georges, sauvez-moi de cet homme, j'en ai peur!

GEORGES, *haut*. Peur! (*À part.*) Elle l'aimera! (*Il comprime son cœur.*)

NOTTINGHAM. Ah ça, voyons, monsieur Georges Lambel, c'est ainsi qu'on vous nomme, je crois; dois-je vous laisser la place? C'est une question qu'à mon tour j'adresserai à miss Jane.

JANE, *à Georges*. Non, non, ne m'abandonnez pas.

GEORGES. Non-seulement je ne vous abandonnerai pas, Jane, mais je vous parlerai, même devant lui. Ses arguments, je les connais; ses manœuvres, je les devine. C'est un métier vieux comme le monde que celui de séducteur. Moi, c'est vrai, je ne suis qu'un pauvre étudiant de Glascow, et là-bas, nous ne suivons pas de cours de haute galanterie comparée; mais, c'est égal, je devine bien à peu près tout ce que mylord a dû vous dire : « Que vous reste-t-il, Jane? Vos amis s'éloignent de vous, votre père vous maudit, votre famille vous repousse; il ne vous reste plus rien que mon amour et plus personne que moi, » (*S'animant.*) Mensonge, lord Nottingham! Il lui reste sa fille et le travail!... il lui reste l'expiation, la souffrance.... (*Se retournant vers Jane.*) Ah! des choses dures, ma pauvre enfant, mais des choses bonnes et saines. Il vous reste, Jane, cet orgueil très-grand et très-beau de vous sentir encore, quoique tombée, fort au-dessus des bontés enjôlivées qu'on vous offre. Oui, croyez-le bien, ce qu'il y a de meilleur, après la vertu, c'est la faiblesse qui s'affermit, c'est l'avilissement qui se relève.

JANE, *avec joie*. Georges!

NOTTINGHAM. Je crois deviner que monsieur Georges étudie pour le barreau et qu'il prépare sa thèse sur Démosthène.

GEORGES. Monsieur le comte, je serai médecin, s'il plaît à Dieu, et j'ai étudié de près certaines maladies du cœur.

NOTTINGHAM. Moi, j'avoue ma faiblesse en rhétorique, et je ne suis pas éloquent; je suis naïf et tout d'une pièce. (*Passant au milieu.*) Je vous aime, Jane! Pardieu! je saurai bien, s'il le faut, être hardi comme M. Lambel et ouvrir mon cœur par-devant témoins. Je vous aime! je vous aime! Chacun, voyez-vous, a sa manière d'aimer! Les uns aiment d'amour, les autres d'orgueil; moi, c'est d'amour, et je ne viens vous insulter en vous disant : « Méritez d'abord mon pardon, prenez le cilice, faites pénitence, usez de vos genoux le chemin du remords, pleurez, expiez, souffrez, et peut-être un jour je viendrai à vous et je serai votre récompense. » (*Jetant un coup d'œil sur Georges.*) Fatuité insolente! Une récompense! c'est vous qui serez la mienne! le bonheur, c'est de vous que je l'attends! Ils disent : Remords! châtiment! expiation! Moi, je dis tendresse! je dis joie, je dis jeunesse, beauté, domination, puissance! Les sots! les cruels! Comment! l'on vous prend, l'on vous trahit, l'on vous délaisse, et vous devez expier l'infamie d'un autre! Vous êtes femme, vous êtes belle, et de cette faiblesse et de cette beauté l'on vous ferait un crime! [...] votre faiblesse, je vous aime, Jane, par votre beauté, vous êtes reine, et quand un homme Nottingham tombe aux genoux d'une femme, cette femme mérite d'avoir, sachez-le bien, tout l'univers à ses pieds!

JANE. Dieu! mon Dieu!

GEORGES. Jane!

NOTTINGHAM. Je vous aime!

GEORGES. Jane!

JANE. Georges! Mylord! Laissez-moi! oh! laissez-moi! vous me tuez, vous me torturez.... (*Regardant le berceau.*) Ah! ma fille!... Sortez tous deux, je vous en prie.

GEORGES, *courant à gauche*. Passez, monsieur le comte.

NOTTINGHAM. Quoi! par là?

GEORGES. Peut-être ne serez-vous pas fâché de rassurer Kate Wilson sur le compte des sept pensionnaires qu'on lui enlève.

NOTTINGHAM, *à lui-même*. Allons! percé à jour!

GEORGES, *à part, en sortant*. Elle l'aime déjà!

SCÈNE VI.

JANE, *seule, regardant sa fille.*

Oh! pourquoi les enfants, ces anges de la terre, ne peuvent-ils pas parler!... Le travail, dit Georges; il a raison, le travail! Dix heures par jour, aujourd'hui, demain, toute la vie... vieillir ainsi!... (*Elle marche avec agitation.*) C'est cependant l'heure de prendre un parti. Voyons, parle, parle donc, sagesse, raison, conscience! (*Elle s'assied.*) Pauvres femmes que nous sommes; notre conscience à nous, c'est notre cœur! Est-ce ma faute, si quelque chose de violent s'agite en moi et me trouble! Ma mère! oui, elle seule peut me sauver; à côté d'elle, je serai forte; sa tendresse sera ma vertu. J'irai! Suis-je folle! je pleure, je me désespère, je me crois perdue, et j'ai ma mère!

SCÈNE VII.

JANE, CHRISTMAS.

CHRISTMAS. Peut-on entrer?

JANE. Que voulez-vous?

CHRISTMAS. Je ne veux rien; je disais : « Peut-on entrer? » parce qu'enfin, lorsqu'on s'enferme à deux tours de clef....

JANE. N'est-ce donc pas vous qui aviez fermé?

CHRISTMAS. Moi! Au loquet! au par loquet! et si je n'avais pas eu mon passe-partout....

JANE, *à part*. C'était donc lui! (*Haut.*) Voyons, parlez, qu'est-ce qui vous amène?

CHRISTMAS. Mon devoir. Une femme comme moi ne connaît que son devoir! Ah! je détourne les lettres!

JANE. Mais encore une fois....

CHRISTMAS. Oh! vous l'avez dit. C'est mortifiant, voilà tout, mais la conscience est là. Et à preuve que je pratique la fidélité comme celui qui l'a inventée, c'est qu'en voilà une, de lettre.

JANE, *la lui arrachant*. Eh! donnez donc! Un cachet noir! c'est étrange! (*Regardant le timbre.*) De Glascow! (*Ouvre la lettre et lisant.*) Ah!!!... mon Dieu! (*Elle tombe assise à gauche.*)

CHRISTMAS. Eh bien! est-ce qu'elle va se trouver mal?

JANE, *la repoussant*. Non! Je vous en prie, laissez-moi seule, laissez-moi seule.

CHRISTMAS. Elle m'émeut! vrai, elle m'émeut! Je vais aller chercher madame Wilson. (*Elle sort par la gauche.*)

SCÈNE VIII.

JANE, *seule.*

Morte! ma mère, ma pauvre mère! Morte! morte par moi, pour moi! La malédiction de mon père, en tombant sur la fille, a tué la mère! Ma mère est morte! La pierre de son tombeau me ferme à jamais la maison paternelle! Misérable fille! que vas-tu faire maintenant! Tout m'accable! tout est sinistre autour de moi! La misère, le déshonneur, l'abandon! Où aller vivre? où aller mourir plutôt! Ma mère! ma mère! Elle m'eût soutenue, elle! elle m'eût pardonné! Ce n'est pas ma mère que je perds, c'est ma force, c'est mon salut! (*Se levant.*) Lutter, résister! Comment, et à quoi bon? C'est fini, je suis perdue. Oh! je me connais! Hélas! je n'ai pas ce qui fait la vertu, moi, je n'ai pas l'énergie. Je succomberai, je le sais bien; Nottingham aussi le sait bien. Non! il ne sera pas dit que j'aurai conservé à ma fille une telle mère. Une lâcheté de plus, qu'importe! Celle-là, du moins, m'en épargnera une plus grande. La rivière est profonde; l'heure est propice. Demain, nul ne saura où est Jane Osborn. Oui, oui. (*Elle s'assied à la petite table.*) Kate sera pitoyable : elle est bonne; elle a été mère; elle a perdu sa fille; elle aimera la mienne, et puis, ne fût-ce que par orgueil, elle en voudra faire une honnête femme! (*Elle écrit.*) C'est cela! mon testament. Je n'ai qu'Alice à léguer. Alice! pauvre petite! si jeune! elle ne me regrettera pas. Dors, mon enfant bénie, je vais te donner la seule chose que je possède encore : ma vie! Ici, cette lettre. Elle expliquera tout. Là, la mienne! Ah! cet anneau! Mon nom y est gravé; ce sera pour ma fille. Kate trouvera cela demain. (*Elle se lève.*) Maintenant, il faut partir. Oui. Oh! je puis bien embrasser Alice pour la dernière fois.... Non, non! si je l'embrasse, je l'emporterai.... Si je l'emporte, je ne me tuerai pas. (*À genoux.*) Mon Dieu! vous qui comprenez tout, pardonnez-moi! Je me sauve du vice dans la mort! J'aime mieux ne plus vivre que de rougir un jour devant cet enfant qui dort là! Mon Dieu, soyez bon pour Alice; donnez-lui en années heureuses toutes celles que je retranche à ma vie! (*Elle va au berceau.*) Non! (*Elle embrasse avec passion le petit rideau blanc, et sort.*)

SCÈNE IX.

KATE WILSON et GEORGES.

KATE. Que m'a donc dit cette Christmas, Jane? Êtes-vous couchée?

GEORGES, *à la porte*. Eh bien!

KATE, *qui a tiré les rideaux*. Mais, non.

GEORGES, *entrant*. Sortie! Elle a reçu une lettre, à ce que dit Christmas.... Une lettre avec un cachet noir. Regardez.... cherchez!

KATE, *prenant la lettre*. La voici, je crois. Son anneau! (*Prenant l'autre lettre.*) Et cette lettre est pour moi!...

GEORGES, *s'en emparant et lisant*. Ah! ce que je redoutais! ce dont je n'osais pas parler! Sa mère est morte!

KATE, *qui a lu l'autre lettre*. Et elle va mourir, elle! tenez!

GEORGES. Mourir!

KATE. Se tuer! Ah! la malheureuse enfant! Se tuer! Georges, il faut la sauver! venez!

GEORGES. Ah! je la sauverai bien, moi. (*Il remonte.*)

SCÈNE X.

LES MÊMES, NOTTINGHAM.

NOTTINGHAM, *[...] du fond. [...] inutile.* Elle est morte!

KATE, *Grand Dieu! [...] (tombant à genoux à côté du berceau.)* Pauvre enfant! Jane t'a léguée à moi; je t'accepte, je t'élèverai, je t'aimerai, je serai ta mère!

ACTE DEUXIÈME.

Au château de lord Nottingham. Salon richement meublé. À gauche, un canapé près d'une cheminée. À droite, table de jeu; sur le devant et du même côté, une serre dans le pan coupé. Au fond, second salon.

SCÈNE PREMIÈRE.

NOTTINGHAM, puis GEORGES LAMBEL.

NOTTINGHAM, *à son maître d'hôtel*. Quarante couverts. Pas de porto; du champagne et du malice pour les femmes.... Avez-vous trouvé quelque gibier à Liverpool?

LE MAJOR D'HORTA. Oui, mylord. Des pluviers et une demi-douzaine de faisans..., mais le château est tellement isolé de tout....

NOTTINGHAM. C'est vrai.... une Thistleton à dix milles dans les terres.... Qui vient là?

UN VALET, annonçant. M. le docteur Georges Lambert.

NOTTINGHAM, faisant un signe aux domestiques qui sortent. Bonjour, docteur.... Avez-vous vu Jane?

GEORGES. Je sors de chez elle.

NOTTINGHAM. Eh bien! le vent a-t-il tourné? Je l'aurais juré ce matin. Nous revenons de Venise pour l'ouverture du Parlement, et voilà que tout à coup, il lui passe cette ridicule fantaisie de quitter Londres dès le lendemain de notre arrivée et de m'amener à Nottingham.... celui de mes châteaux que je déteste le plus.... Enfin, j'imagine une cour plénière. Un mois de fêtes! une idée splendide.... J'invite aussitôt tout ce que Londres possède de viveurs éminents et de.., de femmes supérieures ... Le projet l'amuse; elle fait elle-même les listes.... on vient au pillage Liverpool..., la seule ville qui soit à dix milles à la ronde.... Nos invités arrivent.... nous débutons ce soir par un bal des cieux, et madame choisit précisément ce premier jour de folie pour se payer le caprice d'une migraine. Ah! que je la reconnais bien là!

GEORGES. Rassurez-vous, mylord, elle dansera.

NOTTINGHAM, le regarde après un moment de silence. Je vous félicite de votre influence sur elle, cher docteur! Vous l'avez fort aimée jadis, il y a quelque chose comme quinze ans, monsieur l'ancien étudiant de Glasgow!

GEORGES, incertain. Il hésite d'abord à répondre. Je ne sais plus trop, mylord. J'ai pu être amoureux, en effet; mais, à coup sûr, ce n'a jamais été de la maîtresse de lord Nottingham.

NOTTINGHAM. Bien, bien. Quoi qu'il en soit, elle a eu son heure de caprice pour vous.

GEORGES, riant. Cela vous intéresse?

NOTTINGHAM. Ma foi, écoutez donc!... Me susciter un prétexte de rupture, ce serait un si grand service à me rendre. Je le demande à tous les dieux.

GEORGES, toujours enjoué. Mais il me semble qu'on vous l'a rendu souvent, ce service-là.... Une première fois, ce fut un prince italien, dont elle mangea de ses belles dents jusqu'au dernier palais de marbre. Plus tard, ce fut certain ambassadeur dont elle dilapida les fonds secrets... un très-joli scandale sur lequel vécurent toutes les gazettes de l'Europe pendant près d'un mois.

NOTTINGHAM. Et chaque fois, j'imaginai mille extravagances pour la ramener à moi.... C'est vrai... je ne suis qu'un sot!

GEORGES. Faites un amoureux..., c'est bien assez.

NOTTINGHAM. Que voulez-vous! cette fille-là a pour moi un genre d'attrait tout particulier, celui du péril. Je sais tout ce que cette passion contient de menaces. Je sais que ruiné, mangé, dévoré jusqu'aux os, il se peut bien un jour que j'aboutisse à quelque situation impossible qu'il faudra trancher violemment.... Eh bien! cherchez-en la raison physiologique, si vous voulez, cher docteur; mais, quant à moi, tout cela me compose une fièvre, une ivresse, une volupté.... (riant) et je prends mon plaisir où je le trouve. (Plus sérieux.) Si je venais à mourir, pensez-vous qu'elle me regretterait?

GEORGES. Oh! oh! c'est bien de l'ambition, mylord!

NOTTINGHAM. Et cependant, je l'ai arrachée à la mort.

GEORGES. C'est peut-être bien pour cela. Écoutez donc! quand cette catastrophe arriva, Jane avait un enfant, une petite fille qu'elle adorait. Vous vous souvenez de cela, mylord?

NOTTINGHAM. Je n'ai jamais empêché Jane de voir sa fille.

GEORGES. Non, mais vous avez creusé un abîme entre sa fille et elle. Vous le savez, cœur faible et adroit à la fois, Jane est mère admirable. Ah! vous eussiez peut-être souhaité qu'en elle la courtisane tuât un peu la mère; mais, Dieu merci, ce côté-là de son âme vous a échappé, mylord. Seulement, elle a compris son devoir. Du jour où elle a mis le pied dans cette vie impure et troublée, qu'elle vous doit, elle a fait un serment: elle a renoncé à revoir sa fille. Elle s'est tenu parole; elle a eu ce courage. Elle ne l'a jamais vue. On a dit à l'enfant que sa mère était morte. La mère l'a su et a laissé dire. Voilà, mylord, le supplice auquel vous l'avez condamnée! Après cela, et enviez-vous qu'elle vous aime à peu près comme on doit aimer son bourreau!

NOTTINGHAM, il se relève. Elle s'est, du reste, bien vengée. Et que devient cette jeune Alice?

GEORGES. Elle est toujours restée près de Kate. C'est une grande et belle fille aujourd'hui, si j'en juge par les lettres d'un de mes amis qui la connaît et qui l'aime.

NOTTINGHAM. Ah! il aime la fille?... Et connaît-il la mère?

GEORGES. Non certes. Il croit Alice orpheline. C'est un cœur élevé, mais sévère que celui de Garillan.

NOTTINGHAM. Garillan? Édouard Garillan? Attendez donc, docteur; mais je connais cela. N'est-ce pas un associé de la maison Foster?

GEORGES. Précisément.

NOTTINGHAM. Ah! diable! c'est alors un de mes créanciers.

GEORGES. Vous en avez tant, que cela se pourrait bien.

NOTTINGHAM. Oh! il aime cette jeune fille! Pauvre garçon! Alors, croyez-moi, si vous le voyez, tâchez de le guérir d'un rêve impossible.... Aimer la fille de.... En effet, il n'y a guère de différent à cela. (Revenant.) Mais voici, je crois, quelques-uns de mes hôtes qui reviennent de la promenade. (Il remonte vers le fond.)

GEORGES, à lui-même. Édouard en face de Jane! Ce serait un malheur pour tous deux!

SCÈNE II.

LES MÊMES, ARTHUR, CORNHILL, FLORA,
donnant le bras à un invité. INVITÉS.

ARTHUR, à Cornhill. Entrez donc, monsieur Cornhill.... mais, de grâce, laissez votre pelisse dans l'antichambre.

CORNHILL, à Smith. Aidez-moi, mon garçon.

NOTTINGHAM. Peste, monsieur Cornhill, vous avez là une belle fourrure.

CORNHILL. De la zibeline, mylord, mais j'en ai de bien plus belle. (Au domestique.) Allez.... (À lui-même.) J'étais bien aise qu'on la vît ... les tailleurs sont des imbéciles, ils mettent en dessous le plus précieux. Vous portez mille guinées sur le dos et on ne s'en doute pas. C'est absurde.

NOTTINGHAM. Eh! bien, ma jolie sylphide de Drury-Lane ... Mettons-nous le cap sur ce gros bonhomme?

FLORA. Le banquier! Je n'y pense guère. D'ailleurs, il est couché en joue par Pénélope, mon chef d'emploi.... et je le crois, lui-même, fort occupé de Jane. Prenez-y garde!

NOTTINGHAM, riant. Bah! vous croyez?

FLORA. Prenez-y garde. Eh! mon cher, sir Robert Cornhill est un sac à millions.

NOTTINGHAM, riant. Mais non pas un sac à malices. (Allant à Arthur qui lit une gazette.) Que diable, Arthur, vous avez là une singulière garniture de gilet.

ARTHUR. Des camées, mon oncle.

NOTTINGHAM. Je le vois bien.

CORNHILL. Des camées.... j'ai les pareils.

NOTTINGHAM. Mais des camées, cela ne se porte pas le soir.

ARTHUR. Je l'ignorais.

NOTTINGHAM. Et puis, ils sont mal montés, vos camées.... Faites démonter des boutons de grosses turquoises sur velours bleu.... c'est beaucoup mieux.

ARTHUR. Oui, mon oncle.

CORNHILL. Des turquoises.... J'en ai aussi, et de très-belles.

NOTTINGHAM. Arthur, où est donc Pénélope? Arthur!

ARTHUR, distrait toujours. Oui, mon oncle.

NOTTINGHAM. Mais écoutez donc ce qu'on vous dit, Arthur. Lisez tant que vous voudrez les discours de Robert Peel; c'est de bon goût, à ce qu'il paraît, aujourd'hui; mais tâchez de me répondre à autre chose que: Oui, mon oncle. Je vous demande où est Pénélope?

ARTHUR. Je ne sais pas.... je crois l'avoir ramenée de la chasse. En effet. Oui, je ne rappelle positivement... je l'ai ramenée.

NOTTINGHAM. Ah! tu traites comme cela une des plus jolies filles de Londres, toi! Mon neveu, il y a dans la vie des choses importantes: ne pas porter des gilets, de mauvais goût en est une.... ensuite. Arthur, prouvez-nous que vous êtes d'une race de chasseurs. Écoutez! c'est encore la chasse. Les Nottingham ont toujours été amoureux. Annoncez et jouez. (Ils s'asseyent à la table de droite.)

CORNHILL, à lui-même, au milieu. Ah! ligne! je suis amoureux de Jane, moi, et je suis d'une famille de teinturiers dans Iloy-Market. Ah! bah!

FLORA, à Georges. Je le croyais tuteur de son neveu.

GEORGES. Aussi, vous voyez, il lui prête ses conseils.

CORNHILL, riant. Ah! ah! charmant. Le mot est joli. J'ai dit le pareil l'autre jour au club.

SCÈNE III.

LES MÊMES, PÉNÉLOPE, JANE.

PÉNÉLOPE. Comment venez-vous cela, ma chère, le temps passe et rien n'arrive. (Arrachant la gazette des mains d'Arthur.) Bien! Encore le nez dans sa politique.

ARTHUR. Ce sont toujours vos dentelles qui vous mettent dans cet état.

PÉNÉLOPE. C'est peut-être le cours des consolidés!

JANE, qui est allée serrer la main de Georges. Voulez-vous les mieux, ma chère Pénélope? elles sont à votre service.

PÉNÉLOPE, à Cornhill. Bonjour, nabab. Vos dentelles; vous êtes bien bonne, chère; mais j'ai parlé des miennes à plus de cinquante personnes, et ce n'est pas pour leur montrer les vôtres. Vous devriez être honteux, Arthur!

ARTHUR. Honteux, de quoi? De ce que vous en avez parlé à plus de cinquante personnes?

PÉNÉLOPE, avec impatience. Non, non, non.... de ce que je suis savoir, à ce loi, l'air d'une pensionnaire.

JANE. Ah! cela sera difficile, Pénélope.

PÉNÉLOPE, avec un regard content et ému. Merci, ma bonne.

(On s'est mis autour des tables de jeu. Nottingham et Arthur sont assis à droite avec un invité. Cornhill papillonne. Jane est venue se mettre devant la jeu. Georges Lambert est à demi près de la cheminée.)

GEORGES. Vous êtes rayonnante, ma chère Jane.

JANE. Moi? Ah! c'est vrai. J'ai mis du rouge. (Apercevant Cornhill qui lui fait des signes.) Mon cher Crésus, défaites-vous donc de l'idée de passer pour un télégraphe.... Votre embonpoint s'y oppose.... Voyons, parlez, que me voulez-vous?

CORNHILL. Enfin je trouve l'occasion de vous dire deux mots. Je vous aime, combien de fois faut-il faut-il le répéter avant que d'être cru?

JANE. Oh! vous pensez qu'il vous suffira d'être cru pour.... Eh bien, vous n'êtes pas fol. (Smith, entré par le fond, parle bas à Pénélope.)

PÉNÉLOPE, redescendant. Des caisses pour vous, Flora. (Flora sont par le fond, et rien en-

ARTHUR, *jouant, froidement.* Je m'impatiente beaucoup.

PÉNÉLOPE. Envoyez encore John, votre jockey, qu'il parte à l'instant!

ARTHUR. John a fait trois fois la route aujourd'hui.... Or, comme c'est lui qui doit monter ma jument noire aux courses d'Epsom, je désire ne pas le crever tout à fait.

PÉNÉLOPE, *prenant le bras de Cornhill.* Venez, nabab, vous allez cent fois cette glace au citron qu'on appelle Arthur.

ARTHUR, *sans s'émouvoir.* Oh! il n'a que deux fois et demie ma circonférence.

JANE, *riant.* Ne plaisantez pas, Arthur. On a ce qu'on peut.... Vous, par exemple, vous vous croyez un type, parce que vous êtes grave, guindé, cravaté, tout d'une pièce.... Mais, mon pauvre Arthur, rien de tout cela n'est à vous.

ARTHUR. Et à qui le dois-je?

JANE. A la mode. Pénélope, demandez à la mode de décréter qu'il faut être jeune à vingt ans, et vous serez la plus heureuse des femmes.

CORNHILL, *riant.* Ah! parfait! Ah! charmant! J'ai de l'esprit, mais je n'en aurai jamais comme ça, moi.

JANE. Tandis que ce cher Cornhill.... regardez-le.... il est laid d'une laideur qui n'appartient qu'à lui, bête de sa bêtise à lui.... gras de sa santé à lui.... et riche de ses millions à lui.... n'est-ce pas, Cornhill? (*Cornhill remet son chapeau et sort furieux les bras derrière le dos. On rit.*)

PÉNÉLOPE. Il te plaît donc, ma chère, que tu cherches à en dégoûter les autres?

JANE. Moi, mon enfant, enlever un amant à une femme! Allons donc!... j'aurais bien trop peur de lui dépareiller une douzaine. (*On rit.*)

PÉNÉLOPE. Merci, ma bonne.

NOTTINGHAM, *riant.* Ah! je vous préviens que Jane a ce soir les nerfs exécrables.

PÉNÉLOPE, *à Arthur.* Dieu, que je la hais cette femme!

ARTHUR, *se tournant vers elle, d'un ton très-doux.* C'est par là que nous nous aimons, ma chère.

SMITH. Il y a là une jeune fille qui apporte les dentelles de miss Pénélope.

PÉNÉLOPE. Vite, vite, faites monter!

GEORGES, *à Jane.* En vérité, Jane, vous riez ce soir comme si vous aviez le désespoir dans l'âme.

JANE. L'heure du courrier est passée. Point de lettre encore de Kate Wilson. Je partirai demain pour Edimbourg.

GEORGES. Voulez-vous tenter de voir Alice?

JANE. La voir! c'est mon rêve.... oui, la voir seulement.... Oh! ce serait une joie!... Vous ne savez pas ce que c'est que de vivre comme je vis! Ma fille m'apparaît sans cesse, grande, heureuse, souriante, comme je me la figure, hélas! Je me penche pour la regarder; aussitôt ses traits se dérobent à ma vue, un brouillard enveloppe cette tête adorée.... Ne pas pouvoir même me dire: je l'ai vue, je la connais! (*Musique.*)

SCÈNE IV.

LES MÊMES, ALICE, HARRY.

PÉNÉLOPE. Eh bien, c'est joli, mademoiselle, vous venez à de belles heures.

ARTHUR, *qui aperçoit Alice.* (*A part.*) Ah! mais.... c'est elle! la jolie pensionnaire d'Edimbourg! (*Il se lève.*)

ALICE, *intimidée.* Pardon, madame. Madame Woodfield fait bien ses excuses à madame. On a fait l'impossible pour être exact; mais il y avait des commandes de la cour....

PÉNÉLOPE. La cour! la cour! belle raison! Est-ce que mon argent ne vaut pas celui de tout le monde?

JANE. Pauvre jeune fille!

HARRY. Mademoiselle ne dit pas cela, madame; elle explique seulement que...

PÉNÉLOPE. Qu'est-ce qu'il raconte, celui-là?.. Qui êtes-vous donc, mon bonhomme?

HARRY. Je ne suis pas un bonhomme, madame.... Je suis le caissier de la maison.... On n'a pas voulu laisser voyager mademoiselle toute seule....

PÉNÉLOPE, *riant.* Ah! pauvre petite!... elle ne marche donc pas sans lisières?

ALICE. Si madame veut me conduire.... J'aurai l'honneur d'ajuster moi-même....

PÉNÉLOPE. Oui. Venez, je suis pressée....

ALICE. Ne vous éloignez pas, mon bon monsieur Harry.

HARRY. Je vais vous attendre dans l'anti-chambre.

(*Musique pendant que Pénélope et Flora sortent suivies d'Alice et qu'Harry sort par le fond.*)

JANE, *à Arthur qui suit Alice des yeux.* (*Brusquement.*) Vous la connaissez, cette jeune fille?

ARTHUR. Moi, pas du tout!! (*A part.*) Si je la connais! Je suis payé pour cela! (*Haut.*) Non, mais je la trouve plus jolie que Pénélope.

JANE. Je ne sais pas, je ne l'ai pas regardée, mais Pénélope est une fort belle personne, et elle a de l'esprit, dit-on!

ARTHUR. De l'esprit? Je ne sais pas; je ne le lui ai jamais demandé.

NOTTINGHAM, *à l'oreille.* Baronnet, c'est deux mille guinées que je vous dois.... Permettez-moi de vous les aller chercher. (*Il sort par la droite, puis en après les autres invités.*)

CORNHILL, *à Jane.* Il s'éloigne!... Oh! si j'osais....

JANE. Allez prendre l'air, Cornhill...., vous êtes poncé. (*Cornhill s'assied à gauche; Jane passe à droite.*)

SMITH, *à la porte à Édouard.* Pardon, monsieur, mais vous n'avez pas de lettre d'introduction, et ma consigne....

GEORGES. Eh! mais, je ne me trompe pas....

SCÈNE V.

JANE, GEORGES, ÉDOUARD, SMITH.

ÉDOUARD, *à Smith.* Annoncez à mylord, M. Édouard Garillan, associé de la maison Foster et compagnie de Londres.

GEORGES. Laissez entrer, Smith.

ÉDOUARD. Georges!... merci! (*A Smith.*) Je vais vous donner ma carte. (*Il lui remet une carte.*)

JANE, *bas à Georges, sans être vue d'Édouard.* Quoi! Édouard Garillan! C'est donc lui! lui! Oh! comme il vous parle d'Alice dans ses lettres.

GEORGES, *embarrassé.* Madame....

JANE. Oh! soyez tranquille.... je ne vous demande pas de me le présenter,.... je m'oublierais, je lui parlerais d'Alice; mon émotion me trahirait. (*Elle sort vivement par la droite. Cornhill se lève et suit Jane en lui portant son bouquet.*)

SCÈNE VI.

ÉDOUARD, GEORGES.

GEORGES. Ce cher Édouard! Ah! ça, dis-moi, que viens-tu donc faire ici?

ÉDOUARD. J'y viens sous les plus mauvais auspices.. . j'y apporte un visage de créancier.

GEORGES. Ah! c'est juste.... Nottingham m'en a dit un mot.... Il est débiteur de ta maison?

ÉDOUARD. Pour une somme considérable. M. Foster en a la tête tournée: car ce découvert nous met dans le plus grand embarras.

GEORGES. Diable! diable! avec cela qu'il dépense un argent fou depuis quelques jours. Il vient encore de perdre deux mille livres.

ÉDOUARD. Il joue!

GEORGES. Énormément; mais il a un vice bien plus dangereux que tous les tapis verts du monde, un vice ardent, capricieux, impitoyable et charmant, un vice recouvert d'une peau blanche comme du lait où brillent deux diamants noirs.

ÉDOUARD. Jane Osborn!

GEORGES. Tu la connais?

ÉDOUARD. Non, certes! Seulement, c'est une réputation qui remplit l'Angleterre de son scandale.

GEORGES. Scandale! peste! voilà un grand vilain mot. (*Riant.*) Aspasie n'a pas, que je sache, déshonoré le siècle de Périclès!

ÉDOUARD, *le regardant.* C'est juste..., j'oubliais.... tu es le.... l'ami de cette éblouissante courtisane.

GEORGES. Bah! ne parlons pas de moi.... mais de toi plutôt, et de cette délicieuse idylle que tu m'as contée dans tes lettres. Voyons. Cette jeune et ravissante pensionnaire de Kate Wilson?...

ÉDOUARD, *de l'air d'un homme qui veut rompre la conversation.* Mylord tarde bien.

GEORGES, *le regardant.* Qu'a-t-il donc? Je lui trouve un fonds de tristesse qui ne lui est pas habituel? Édouard?

ÉDOUARD. Ami?

GEORGES. Que t'est-il arrivé? Tu as un chagrin?

ÉDOUARD. Oui, Georges, un chagrin sérieux.... c'est de te rencontrer ici, dans cette maison.... auprès de cette femme. Tu l'aimes, n'est-il pas vrai? (*Georges fait un mouvement.*) Prends garde, ami! Une Jane Osborn n'aime pas et ne peut pas aimer...., ces femmes-là ont la poitrine vide.... rien n'y bat.... Elles n'ont pas aimé leur mère.... Elles n'aiment pas leur enfant, elles n'aiment pas leur amant. La courtisane, vois-tu, n'est pas une femme, c'est une de ces plantes comme j'en ai vues au tropique, dont les fleurs sont des miracles de forme et de coloris, dont les calices sont des cassolettes d'encens, et dont la sève est un poison qui tue.

GEORGES. Écoute bien ceci; c'était avant son départ pour l'Italie: Un soir, après souper, et quand je dis un soir, le jour pointait; Nottingham dormait sous la table avec trois ou quatre de ses amis. Les femmes sommeillaient de leur côté, un peu,.... décoiffées.... Enfin, tu vois cela d'ici. Soudain, Jane me regarde et se jette à mon cou: « Il y a longtemps que tu m'aimes et que je le sais, me dit-elle. Je te connais, tu souffrirais comme cela, muet, jusqu'à la mort.—Moi, un Jean Joyeux, allons donc!—Ah! tiens, répondit-elle, il y a toujours une larme au fond de tes éclats de rire. Ta gaieté est sœur de la mienne. Heurtons, veux-tu? — Eh! mais, lui dis-je, je ne vous savais pas le champagne aussi lugubre. » Elle reprit toute sa gaieté, et, bondissant jusqu'à moi, elle me dit: « Si je l'aimais!... »

ÉDOUARD. Bravo! Et tu l'as prise au mot, je pense; c'est ainsi qu'on se guérit de ces femmes-là!

GEORGES. Non. Je l'ai repoussée.

ÉDOUARD. Et tu l'aimes?

GEORGES. Oui.

ÉDOUARD. Eh bien?

GEORGES. Eh bien! c'est justement parce que je l'aime.

ÉDOUARD, *lui prenant la main.* Je comprends, pauvre ami; en effet, c'est d'un rêve impossible que tu es épris. Comment veux-tu que le démon puisse redevenir un ange!

GEORGES. Je le sais, parbleu, bien! C'est mon petit coup de marteau, que veux-tu? Mais à ton tour de me conter....

ÉDOUARD. Oh! rien! rien! L'éclair de joie, le rayon d'amour dont je te parlais n'a brillé qu'un instant. J'ai le cœur brisé. Ne m'interroge pas.

GEORGES. Édouard!

ÉDOUARD. Chut! on vient!

GEORGES, *apercevant Nottingham.* Nottingham! Je vous laisse, messieurs. (*A Nottingham, en sortant.*) C'est un honnête garçon, ne soyez pas trop grand seigneur avec lui.

NOTTINGHAM. Que voulez-vous dire?

GEORGES. Payez-le! (*A Édouard.*) Où es-tu descendu?

ÉDOUARD. A la petite auberge de ce village.

GEORGES. Bien. J'y vais. Tu m'y retrouveras. (*Il s'incline et sort.*)

SCÈNE VII.

NOTTINGHAM, ÉDOUARD.

NOTTINGHAM, *à part.* Le payer! Il croit cela facile!

ÉDOUARD. Vous savez ce qui m'amène, mylord?

NOTTINGHAM. Mon cher monsieur..., monsieur Gardlan, faites-moi un plaisir.

ÉDOUARD. Lequel, mylord?

NOTTINGHAM. Ne parlons pas d'affaires ce soir. Je donne une fête; j'ai dépensé près de quinze cents guinées pour quelques heures de gaieté; c'est cher, comme vous voyez, et vous êtes trop galant homme pour m'empêcher d'en jouir. Ainsi, c'est entendu, je vous invite. Les visiteurs viennent d'arriver, nos femmes sont éblouissantes. Allons danser.

ÉDOUARD. Mylord, si vous ne nous payez pas aujourd'hui, notre maison sera demain dans l'impossibilité de faire face à ses engagements.

NOTTINGHAM. Oh! que me dites-vous là, monsieur?

ÉDOUARD. La vérité, mylord.

NOTTINGHAM. Comment! M. Foster! J'en serais désolé; un si honnête homme!...

ÉDOUARD. Oui, un bien honnête homme, qui vous a obligé et que vous pouvez sauver en le payant.

NOTTINGHAM. Mais c'est cruel! Je n'ai pas d'argent.

ÉDOUARD. Mylord, vous avez perdu deux mille guinées ce soir.

NOTTINGHAM. C'est, ma foi vrai.

ÉDOUARD. Vous allez les payer?

NOTTINGHAM. Sans doute.

ÉDOUARD. Une dette de jeu, une dette d'honneur; c'est sacré cela!

NOTTINGHAM. Cela se paye dans les vingt-quatre heures, monsieur.

ÉDOUARD. Et quand on ne peut pas?

NOTTINGHAM. On se brûle la cervelle, monsieur.

ÉDOUARD. Vous l'auriez fait?

NOTTINGHAM, *avec hauteur.* Vous en doutez?

ÉDOUARD. Très-bien. (*À part.*) Des préjugés, et pas de conscience! (*Haut.*) On remplit certains engagements, tandis que les autres....

NOTTINGHAM. Les autres ont pour garantie ma fortune, ma famille, mes héritages.... En un mot, vous avez des titres contre moi.... Le joueur, lui, n'en a qu'un, ma parole.

ÉDOUARD. N'est-ce que cela? (*Il déchire les titres et en jette les morceaux aux pieds de Nottingham.*)

NOTTINGHAM. Que faites-vous?

ÉDOUARD. Mylord, vous nous devez vingt mille livres sur l'honneur.

NOTTINGHAM. Jeune homme! jeune fou!

ÉDOUARD. Je vais attendre vos ordres. (*Il sort.*)

SCÈNE VIII.

NOTTINGHAM, puis JANE, ensuite CORNHILL.

NOTTINGHAM. Diable! serait-ce le commencement de la fin? Entreverrais-je déjà le bout du fossé? Bah! la chute n'est rien. Il s'agit de bien tomber; voilà tout.

JANE. J'espère que vous payerez ce jeune homme?

NOTTINGHAM. Ah! vous étiez là?

JANE. J'ai tout entendu. Vous eussiez dû le remercier; il vous a supposé moins ruiné d'honneur que d'argent, et la flatterie m'a paru du meilleur goût.

NOTTINGHAM. Oh! oh! des épigrammes!

JANE. Bref, vous le payerez?

NOTTINGHAM. (*Il passe à droite.*) Il le faut bien maintenant.

JANE. Vous le payerez ce soir?

NOTTINGHAM. Ah! ceci, c'est autre chose.... Ce soir, c'est impossible.

JANE. N'importe! je le veux.

NOTTINGHAM. Voilà, par exemple, un caprice assez... plaisant.

JANE. Un caprice, c'est toujours sérieux avec moi.

NOTTINGHAM. Eh bien!... dans quelques jours..., le mois prochain ...

JANE. Je vous ai dit ce soir.

NOTTINGHAM. Ah! ça, tout le monde s'est donc donné le mot pour m'être insupportable aujourd'hui?

JANE. Vous refusez?

NOTTINGHAM. Sans doute.

JANE. Prenez garde!

NOTTINGHAM. Allez au diable!

JANE. Soit, j'irai! (*À Cornhill qui entre.*) C'est vous, Cornhill! (*Il tient toujours le bouquet et le lui offre.*)

... En personne. (*À part.*) On dirait qu'ils se boudent.... Ih! hi! (*Il se frotte les mains.*)

JANE. Répétez-moi donc, Cornhill, ce que vous me disiez ici tout à l'heure.

CORNHILL, *bas.* Que je vous parle de mon amour devant lui!... Oh! mes yeux suffisent... Lisez-y, lisez-y!

JANE. Venez, mylord, ceci vous intéresse.

CORNHILL, *avec un bond de frayeur.* Y pensez-vous! Ne me trahissez pas!

JANE, *haut.* Vous le trahissiez bien, vous!

NOTTINGHAM, *s'approchant et qui entend les derniers mots.* Comment cela?

CORNHILL, *bas.* Vous voulez donc me faire une affaire?

JANE. Figurez-vous, mylord, que cet intrigant de Cornhill a voulu vous ménager une surprise fort piquante.

CORNHILL, *à part.* Je n'ai pas une goutte de sang dans les veines.

NOTTINGHAM. Ah, bah! Il vient me faire son héritier peut-être.

CORNHILL, *à part.* Il me croit déjà mort, le spadassin! (*Il veut fuir, Jane le retient.*)

JANE. Pas précisément, il veut....

CORNHILL, *bas.* Miss Jane, de grâce.... Mylord est d'une violence....

JANE. Eh bien! dites vous-même alors, et répétez à mylord la confidence que vous m'avez faite.

CORNHILL, *balbutiant.* Moi.... que je.... la confidence.... Mon Dieu! puisqu'il faut l'avouer, c'est vrai... j'ai pu.... dans un moment.... mais mes intentions, mylord.... croyez bien.... dès lors et en tant que vos prétentions.... D'ailleurs c'est si simple, dans ma situation. (*Il me éclate de rire.*)

NOTTINGHAM. Ah! ça, Jane, m'expliquerez-vous cette comédie?

JANE. En voici le mot: Cornhill a vingt mille livres à vous remettre; il vous ... doit.

CORNHILL, *bondissant.* Moi!

JANE. L'affaire des chenilles de Pégu, que vous croyiez perdue, a réussi: Cornhill a retardé jusqu'à ce jour à vous l'apprendre pour ajouter ce bouquet à votre fête.

NOTTINGHAM. Vraiment! ce cher Cornhill.

CORNHILL. Mais permettez, permettez....

JANE. Mylord, il va aller vous faire un bon sur la Compagnie des Indes. (*Bas.*) Et vous payerez M. Gardlan. Je le veux. (*Nottingham remonte vers plusieurs invités qui paraissent au fond.*)

CORNHILL. Parlez-vous sérieusement?

JANE. Ai-je l'air de rire?

CORNHILL. Vingt mille livres! Il va me prendre vingt mille livres!

JANE. Que vous importe qui les prend, si c'est moi qui les accepte?

CORNHILL. Je voudrais au moins avoir une raison pour vous les donner.

JANE. Vous l'avez Il vient de me les refuser. Je suis votre débitrice, Cornhill. Allez! (*Elle passe à gauche.*) Allez donc! allez donc!

CORNHILL, *avec satisfaction.* Ah!

NOTTINGHAM, *à Smith.* Informez-vous de M. Édouard Gardlan, à deux pas, dans le village; trouvez-le-moi, et prévenez-le que je l'attends.

CORNHILL, *prenant son parti.* Enfin! je succède à Nottingham! Soyons à la hauteur de ma gloire! C'est vrai, mylord! Je vous les devrai, je vous les dois!

NOTTINGHAM, *qui a fait passer Cornhill devant lui; à part.* Sauvé par elle, et à quel prix! C'est bien... je comprends ce qu'il me reste à faire. (*Elle et par la droite. Jane s'assoit à droite.*)

SCÈNE IX.

JANE, ARTHUR, PÉNÉLOPE, FLORA avec les invités.

PÉNÉLOPE, *entrant par la gauche.* Flora, la petite ouvrière ne partira pas sans vous avez attaché vos mouchoirs. Je l'ai prévenue. Elle vous attend.

FLORA. Où cela?

PÉNÉLOPE. Dans ma chambre. (*Il est sorti par la gauche et l'invité par le fond.*)

ARTHUR, *à part.* Bon, débons-nous ici... (*Il va pour se tenir derrière Flora.*)

PÉNÉLOPE. Que marmottez-vous là?

ARTHUR. Ne faites pas attention. C'est un tic nerveux.

PÉNÉLOPE. Le résultat sans doute de votre rencontre de tout à l'heure. Oh! tenez, Jane, je finirai par détester tous les hommes. (*Arthur va pour sortir à gauche.*)

JANE, *riant.* On reviendrait pas trop jusqu'à présent, Pénélope.

PÉNÉLOPE. Merci, ma bonne. (*À Arthur.*) Venez donc. Enfin, vous ne n'êtes pas qu'il n'y ait une histoire, un mystère, entre ce jeune homme et vous.

JANE. Quel jeune homme?

PÉNÉLOPE. Un nommé Gardlan, espèce de commis de banque. Oh! mes renseignements sont exacts. Il traversait le parc; je l'ai vu de ma fenêtre. Arthur l'a aperçu; il a voulu faire un détour, mais l'autre s'est jeté au-devant de lui. Que se sont-ils dit, je l'ignore, seulement sir Arthur avait l'air fort penaud et le jeune commis fort menaçant. (*À Arthur.*) Mais si je n'entends pas toujours ce que vous dites, je sais du moins ce que vous faites.

JANE, *à part.* Que signifie?...

ARTHUR. Je n'ai fait de ma vie quoi que ce soit. C'est dans mes principes.

PÉNÉLOPE. Et vos voyages à Édimbourg, les niriez-vous?

JANE, *à part.* À Édimbourg?

ARTHUR. Cette ville me plaît, j'en conviens. Le poisson y est excellent.

PÉNÉLOPE. Et les jeunes pensionnaires à votre gré?

JANE, *à part.* Que dit-elle?

PÉNÉLOPE, *ironique.* Un petit square, s'il ensuivait, discret et paisible, et à l'angle, vers la gauche, une petite maison-treille à volets bruns. C'est charmant! oh! je connais à merveille la géographie de vos amours!

JANE, *avec éclat.* Ses amours!

PÉNÉLOPE. Tiens, Jane qui prend feu. (*Désignant Arthur.*) Tu as donc aussi quelque droit sur celui-là? Serais-tu jalouse, ma bonne?

JANE, *se contenant.* Mais.... peut-être ..., je suis du moins curieuse. Ah! vraiment, sir Arthur, vous connaissez à Édimbourg ... (*Brusquement.*) Mais parlez donc, je vous interroge!

PÉNÉLOPE, *à part.* C'est qu'elle y met un sérieux.... Aurais-je dit la vérité en riant?

JANE. Ainsi, cette jeune pensionnaire.... qui demeure à l'angle d'une petite place..., une maisonnette à volets bruns.... Et M. Gardlan est votre rival.... Est-ce vrai, cela? (*Avec une colère sourde.*) Est-ce vrai?

PÉNÉLOPE, *à part.* Ma parole, elle va lui arracher les yeux.

JANE, *les dents serrées.* Monsieur, vous voyez que j'attends.

ARTHUR. Ma chère belle, rassurez-vous, il y a erreur de personne. J'ai glissé pour le refuge d'un de mes amis.

PÉNÉLOPE. Il ment! Je le préviens qu'il ment.

ARTHUR. Mais tout, je vous jure.... c'est... c'est ce gros coquin de Gardlan!

PÉNÉLOPE. Cornhill! (*Quelques invités paraissent dans le salon du fond.*)

ARTHUR, *à part.* Bah! il en sera bien aise. (*Haut.*) La petite, à ce qu'il paraît, lui avait laissé concevoir de sérieuses espérances, oh! mon Dieu! je puis vous dire le nom de l'ingénue. Son petit nom seulement, n'en sachant pas d'autre. Elle s'appelle...

JANE, *vivement.* Assez! Pas un mot de plus! Est-ce à nous que vous irez livrer le nom d'une enfant innocente. Ignorez-vous qu'il n'y a ici que d'infâmes libertins et des filles perdues.

PÉNÉLOPE, *à part.* Oh! c'est trop d'insolence!

JANE, *montrant Pénélope.* Celle-là vous accusait de mensonge, moi je vous accuse d'insulte et de lâcheté. Entendez-vous, sir Arthur, vous n'êtes qu'un lâche! (*Elle va tout à fait à gauche.*)

ARTHUR, *à part.* Quand pourrai-je avoir mon tour. (*Haut à Pénélope.*) Parole d'honneur, je n'y suis pour rien, c'est Cornhill, c'est ce sacripant de Cornhill.

SCÈNE X.

LES MÊMES, GEORGES.

GEORGES. Bah! Est-ce aussi Cornhill qu'on aurait bâtonné?

ARTHUR. Hein? (*À part.*) Ah! diable.

PÉNÉLOPE. Tiens! il y a du bâton?

GEORGES, *à Smith.* Smith, veuillez prévenir mylord que M. Garillan va avoir l'honneur de passer chez lui. (*Redescendant.*) Ah! c'est Cornhill? Eh bien! le brave garçon qui s'est chargé de la cérémonie aura eu de la besogne, un homme de cette capacité, ça ne se bâtonne pas sans qu'on ait besoin, çà et là, de reprendre haleine. (*À Arthur.*) Ah! si c'eût été vous... (*Mouvement d'Arthur.*)

ARTHUR. Et pourquoi voudriez-vous que ce fût moi?

GEORGES. Bien, bien, c'est entendu, c'est Cornhill.... Aussi, je m'étonnais qu'un parfait gentleman eût préféré, à un coup d'épée, une volée de bois vert.... Mais si c'est Cornhill, n'en parlons plus.

ARTHUR, *à part.* Si, si, nous en reparlerons.... plus tard.... Il me faut encore six mois de salle d'armes. (*Il passe à droite.*)

ARTHUR, *haut.* Cher monsieur Lambel, vous devez au moins connaître l'aventure jusqu'au bout. Votre ami, maître Édouard, soupçonne sans doute quelqu'un de l'enlèvement.

JANE, *se retournant.* Un enlèvement!

GEORGES, *troublé.* Du diable, si je sais ce que vous voulez dire.... Voici l'heure de la collation.... Me permettez-vous, Jane?... (*Il lui offre la main.*)

JANE, *sans lui répondre.* On a enlevé cette jeune fille?

GEORGES, *à part, montrant Arthur.* Oh! je l'étranglerai quelque jour!

ARTHUR. Ma foi, je ne sais trop. Toujours est-il que la femme chez qui demeurait la petite, étant venue à mourir....

JANE. Kate Wilson!

ARTHUR. Bah! vous la connaissez?

PÉNÉLOPE, *à part.* C'est singulier.

GEORGES. J'ai mis moi-même madame au courant de tout cela. (*Voulant entraîner Jane.*) Ah si, il est inutile.

JANE, *à Georges.* Vous ne m'aviez pas dit que Kate Wilson était morte.

GEORGES. Garillan vient de me l'apprendre.... mais... (*Il veut toujours l'entraîner.*)

JANE. Et elle! elle!

ARTHUR. La petite? On ne sait où elle est.

JANE. Vous dites?

ARTHUR. Disparue!

JANE. (*Voix sourde.*) Mon Dieu!

GEORGES, *à Jane.* Contenez-vous, je vous en conjure.

JANE, *à part.* Mon Dieu! (*Haut.*) Disparue? Emmenée, sans doute.... mais où? par qui? Vous le savez? vous.

ARTHUR. Quel intérêt avez-vous à l'apprendre?.

JANE, *ne se soutenant plus.* Moi? oh! (*Georges la fait asseoir sur le canapé.*)

PÉNÉLOPE, *à elle-même.* Aurait-elle un secret par où l'on pût l'atteindre?

ARTHUR. Je le crois, nous chercherons. (*Ils sortent par la serre.*)

GEORGES, *à Smith qui est entré.* Que voulez-vous?

SMITH. Cette lettre arrive à l'instant de Londres, pour madame. (*Jane prend machinalement la lettre et la pose sur la cheminée.*)

SCÈNE XI.

JANE, GEORGES.

GEORGES, *après avoir fermé les portes.* Voyons, Jane, du courage, du calme. Et d'abord, croyez bien que votre fille n'a pas couru l'ombre d'un danger. Elle ignore jusqu'au nom, jusqu'à l'existence d'Arthur Nottingham. Kate veillait d'un œil sévère.... C'est d'ailleurs bel et bien mons Arthur que Garillan a roué de coups et Arthur ne connaît pas plus qu'Édouard la nouvelle retraite d'Alice.

JANE. Perdue! enlevée! Alice! morte peut-être!... C'était bien la peine de faire ce sacrifice, de me déposséder volontairement de ma fille, de vivre loin d'elle et de son cœur! de languir quinze ans dans ce rayon de soleil, de me tenir au loin, méconnue, reniée!... Le résultat, le voici! Ma fille, livrée aux hasards, jetée dans l'inconnu; où? chez qui? aux mains de qui! Mais parlez, mais conseillez-moi donc, vous!... Vous êtes là, impassible, glacé, au lieu de partir pour Édimbourg; il faut me la retrouver, vous dis-je, il le faut!

GEORGES. Édouard a déjà fouillé toute l'Écosse..., mais n'importe, vous le voulez.... je partirai!

JANE. Ah! Kate Wilson! Kate Wilson! Est-ce là ce que tu m'avais promis.... Tu t'es laissé surprendre par la mort.... dépositaire infidèle! J'ai été insensée, je n'aurais dû écouter que le cri de mon âme et non le froid conseil de leurs convenances, à eux!... Il fallait serrer ma fille sur mon cœur, l'y garder, l'y couver, lui faire un bouclier de mes bras, et là, là quel malheur eût osé l'atteindre?

GEORGES, *jetant les yeux sur la lettre.* Jane! mais cette lettre est de l'écriture de Kate, voyez!... Elle est surchargée de timbres.... elle vous a suivie de Londres en Italie et vous revient ici.

JANE, *qui a ouvert la lettre.* Je n'y vois plus, tenez lisez vous-même.

GEORGES, *lisant.* « Ma chère Jane, je suis atteinte d'un mal qui peut m'emporter en quelques minutes. Dieu a voulu que je fusse chargée de votre fille, je l'ai élevée, je l'ai aimée, je l'ai guérie du désir de connaître sa mère.... »

JANE, *à elle-même.* (*Avec amertume.*) Oui, oui, la lettre est bien de Kate Wilson.

GEORGES, *continuant.* « Son âme est calme, sa vie sera paisible. Elle est douée de cette grande force qu'on appelle l'honnêteté, elle a horreur de tout ce qui ressemble au mal ou au désordre. »

JANE, *à part.* Bien! épargne-moi, sainte femme! Continuez.

GEORGES, *continuant.* « J'ai disposé d'Alice, suivant ce que Dieu m'ordonne, et selon le juste droit dont m'ont investie des soins de quinze années.... Soyez tranquille, son sort sera honorable et heureux, je me sens sa mère et de mon lit de mort, je prépare son avenir. »

JANE, *frissonnant.* Sa mère! m'écrire cela, à moi!

GEORGES. Il y a un post-scriptum : « Vous trouverez sous ce pli une traite sur Cornhill et Cⁱᵉ du montant des sommes considérables qu'à diverses époques vous m'avez envoyées pour Alice. Je devais épargner à cette pure existence la honte d'une fortune dont la source n'eût pas été avouable. »

JANE, *arrachant la lettre.* Il y a cela! (*Georges montrant la traite.*) Et elle ne me dit pas ce qu'elle a fait de ma fille!

JANE. Ainsi, voilà! c'est fini.... Je vivais d'une faible lueur d'espoir, peut-être... un jour, à l'ombre de je ne sais quel prétexte, je partirai, me disais-je, à me glisser près d'elle, et je la verrai, je la regarderai comme on regarde un lis! Et je serai là, moi, mère inconnue la baisant, l'adorant, la servant, heureuse de sa présence, de sa voix, de son regard! Ce rêve lointain soutenait ma vie, emplissait mon cœur.... Eh bien! non; la vertu vient qui me secoue le bras.... m'éveille, et me dit : Pendant que tu dormais, je t'ai pris ton enfant!

GEORGES, *secouant la tête.* Il y a comme cela, Jane, des tendresses sans bonheur sur la terre, dont la palme est au ciel.

JANE. Ah! ne me parlez pas, vous!... taisez-vous! qu'y a-t-il de commun entre nous? vous m'avez repoussée comme les autres et votre orgueil a été plus grand que votre amour!

GEORGES. Il est un orgueil plus grand et plus coupable.... C'est celui qui se couronne de sa propre honte et s'en glorifie comme d'un martyre.

JANE. Bien! insultez-moi à présent!... C'est cela! il n'y a que les saints qui aient droit au martyre!... Vous vous trompez, Georges! la mienne est de celles qui attendrissent les anges et fléchissent Dieu! Oui, Georges, j'ose joindre les mains du fond de mon abaissement, j'ose crier au Seigneur du fond de mon désespoir et lui dire : Seigneur tout-puissant, ils me l'ont prise, rendez-la-moi! Je l'ai embrassée dans son berceau; faites que je l'embrasse avant de me coucher dans ma tombe!... Je prie.... je pleure. (*Un cri se fait entendre.*)

GEORGES. Quel est ce cri?

JANE. En effet, j'ai cru entendre. (*Se soutenant à peine.*) Il me semble que je vais me trouver mal. (*Un second cri. Alice paraît, entre vivement par la gauche, referme la porte sur elle, et se tient debout, pâle, éperdue, la voir paralysée.*)

SCÈNE XII.

LES MÊMES, ALICE, puis HARRY, EDOUARD, NOTTINGHAM, ARTHUR, CORNHILL, PÉNÉLOPE, FLORA, invités.

GEORGES, *s'élançant vers Alice.* Est-ce vous qui avez appelé, mademoiselle? qu'y a-t-il? qu'avez-vous?

ALICE, *très-troublée.* Rien, ce n'est rien, monsieur, tout à l'heure, j'ai voulu sortir, je me suis égarée dans les appartements.... Puis.... j'ai trouvé une porte fermée, et tout à coup la lumière s'est éteinte.... on m'a saisi la main.... alors, j'ai eu peur.... j'ai crié.... Pardon, monsieur, où est M. Harry?

GEORGES. Je ne sais, mais voici.... (*Il fait un pas vers Jane.*)

JANE, *se détournant.* Emmenez-la.... Vous savez bien que je n'aime pas à voir une jeune fille.

ALICE, *apercevant Harry.* Ah! vous voilà, monsieur Harry!

HARRY. Ciel! comme vous êtes pâle, mademoiselle Alice!

JANE, *à Georges.* Alice! Elle s'appelle Alice!...

EDOUARD, *entrant.* Vous! vous ici!

ALICE. Oh! Édouard.

EDOUARD. Alice!

JANE. Ma fille!... (*Georges la soutient et la fait asseoir dans un fauteuil, et se mettant devant elle. Pénélope qui vient d'entrer a entendu le cri. Elle ne perd plus Jane des yeux.*)

EDOUARD. Comment êtes-vous dans ce château?

ALICE. J'y suis venue avec monsieur, je croyais être chez lord Nottingham.

NOTTINGHAM, *paraissant.* Avez-vous à vous plaindre de lord Nottingham, mon enfant?

ALICE, *sans lui répondre.* Venez, venez, monsieur Harry, quittons cette maison.

NOTTINGHAM. Qu'est-ce donc?

ARTHUR. Ne faites pas attention, mon oncle,

il s'agit d'une simple plaisanterie.... (*A part.*) Décidément je ne suis pas heureux avec cette petite fille-là

JANE, *à Georges.* Oh! les infâmes! (*On entend une musique de quadrille dans le salon.*)

CORNHILL, *papillonnant à gauche.* Eh bien, belle Jane, je me suis galamment exécuté.... mais....,

JANE, *se reculant avec horreur.* Oh! mon Dieu! (*Elle se cache le visage.*)

CORNHILL. Quand vous plaira-t-il de vous acquitter?

JANE. Tout de suite?

CORNHILL, *écarquillant les yeux.* Bah!

JANE, *lui donnant la traite de Kate.* Tenez, prenez, je ne vous dois plus rien.

CORNHILL, *reste stupéfait.* Une traite! sur moi! Cornhill et Cⁱᵉ. Je me rembourserai donc moi-même!

NOTTINGHAM, *à Jane.* Vous m'avez donné vingt mille livres et j'ai été forcé de les recevoir. Un homme comme moi ne survit pas à un pareil affront.... Pas de scandale! je viens de faire mon testament.... vous serez remboursée, Jane. (*Haut.*) Ma belle Imperia, allons ouvrir le bal. (*Nottingham pâle et défait, prend Jane par la main, qui le suit comme un automate. L'orchestre éclate. Le rideau baisse.*)

ACTE TROISIÈME.

Un salon à la campagne, fermé au fond par une grande vitrine qui laisse voir un second salon. Grande porte au fond dans la vitrine. A droite, au premier plan, petite porte. A gauche, vaste cheminée, étagère et table. A droite, chaises, fauteuils, etc.

SCÈNE PREMIÈRE.

JANE, ALICE, MARTHA. *Quelques femmes travaillent au fond.*

ALICE. Tiens, Martha, prends vite cette manche; et ajuste-la-moi à ce corsage. (*A Jane.*) La pauvre Nelly-Bob sera-t-elle heureuse avec ce beau casaquin!

JANE. Mais regarde, seras-tu contente aussi, toi! (*Elle montre des objets qu'elle arrange dans une corbeille.*) Ta corbeille de mariage, ton trousseau, tes parures.

ALICE. Mon bonheur, ou plutôt, ma dette éternelle envers vous.

JANE. J'ai voulu que tes fiançailles se fissent le jour de ma fête. Nous confondrons nos joies, comme déjà nous avons mêlé l'existence de nos deux cœurs, car, tu m'aimes, n'est-il pas vrai?

ALICE. Oh! chère madame Brown, pouvez-vous me demander si je vous aime!

JANE. C'est pour te le faire répéter, chère fille.... Tu me permets de t'appeler ma fille?

ALICE. Vous me permettez bien de vous appeler ma mère.

JANE. Oui, je le permets, je le veux, je t'en prie. (*Changeant de ton.*) Ainsi, pour avoir des pauvres à revêtir de tous ces beaux habits neufs, tu as fait ramasser tous les malheureux de la grande route?

ALICE. Il a bien fallu, excepté Nelly-Bob et la petite Penny, arrivées depuis peu, votre charité inépuisable n'a pas laissé un être souffrant à dix lieues à la ronde.

JANE. Et toi tu es heureuse?

ALICE. Comme dans un conte de fée. Car enfin, sans vous, que serais-je devenue? La pauvre Kate Wilson était morte; M. Woodfield, qui m'avait recueillie, ruiné, tombé en faillite. Soudain, vous paraissez, et tout change comme par un coup de baguette: les Woodfield sont relevés, sauvés, consolés. Moi, conduite ici, près de vous, et il n'y a pas jusqu'à cette bonne Martha, mon amie d'enfance

que vous n'ayez eu la charmante inspiration de tirer près de vous, près de moi.

MARTHA. J'ai fini, je vais porter tout cela dans les chambres.

ALICE. Oui, va, ma bonne Martha. (*Martha sort.*) Il ne manque pas même un sourire à mon bonheur! Heureuse! Si je le suis! c'est à ce point que je m'accuse souvent de ma joie, de ma gaîté.

JANE. Toi!

ALICE. Oui! J'oublie trop que, peut-être, de par le monde, il est une pauvre femme isolée, que cette femme pense à moi, me regrette, m'appelle, me pleure, et que cette femme, c'est ma mère!

JANE. Ta mère! Kate Wilson l'a sans doute connue....

ALICE. Je le crois. Elle chercha d'abord à me persuader qu'elle était morte; mais à un mot que j'entendis, je devinai bien qu'on me trompait.

JANE. Quel mot? Qu'as-tu entendu?

ALICE. Il y avait, dans le voisinage, une vieille dame, qui, sur les derniers temps de la vie de Kate Wilson, avait obtenu toute sa confiance. On la nommait madame Christmas.

JANE, *surprise.* Ah!

ALICE. Elle était fort respectée dans le quartier.

JANE. Vraiment?

ALICE. Un jour, elles parlaient toutes deux, et j'entendis la bonne Wilson dire à madame Christmas, c'était bien peu de temps avant sa mort: « Je ne voudrais pas que cet anneau tombât dans les mains d'Alice. » En effet, elle avait au doigt une bague qui ne la quittait jamais. « Vous savez, Christmas, continua-t-elle, que le nom de sa mère est écrit sur le chaton. Ainsi prenez-le et faites qu'après ma mort il soit rendu à cette femme. »

JANE. Cette femme!

ALICE. Elle voulait dire ma mère!... A ce moment Christmas ouvrit brusquement la porte et je fus surprise écoutant.

JANE. Mais cet anneau, il n'a jamais été rendu à ta mère.

ALICE. Vous croyez?

JANE. C'est-à-dire.... je te le demande.

ALICE. Je l'ignore. Je n'ai revu ni madame Christmas, ni l'anneau.

JANE, *à part.* Il faudra que je retrouve cette Christmas, moi.

SCÈNE II.

LES MÊMES, ÉDOUARD.

ÉDOUARD, *à la porte de droite.* Alice.

ALICE. Madame?

JANE. Mon enfant?

ALICE. C'est lui.

JANE. Ah! venez, monsieur Edouard. Vous le voyez, vous nous trouvez au travail.

ÉDOUARD. Moi, j'ai fini. Vos pauvres, chère Alice, peuvent entrer et prendre possession des chambres où ils doivent passer la nuit. (*Allant à Jane.*) Vous êtes pâle, ma chère madame Brown. Souffrez-vous?

JANE, *souriant.* Oui, un peu.... On a beau dire, l'excès de la joie fait mal.

ÉDOUARD. Allons donc! Si cela était vrai, je serais à Bedlam depuis huit jours. Amené dans ce petit bourg, par une lettre de Lambel, j'arrive, et dès le débotté, une joie me prend au collet. Lambel est libre! La passion funeste qui l'enchaînait près de cette Jane Osborn, la maîtresse trop fameuse de lord Nottingham; cette passion a disparu dans la fumée du pistolet dont s'est servi le noble comte pour liquider sa position. Après cette mort, qui remplit Londres de stupeur, la courtisane s'enfuit, cachant sa honte on ne sait où; et Lambel, accourt, dans ce petit coin perdu sur les frontières d'Ecosse, reprendre sa tâche interrompue de savant et d'homme de bien. Aussitôt, il vous souffle une partie de son âme, vous intéresse à cette enfant, vous l'amène, vous la jette dans les bras et vous la fait aimer.

Bien plus, il vous dit mon nom, vous dévoile mon cœur, vous raconte nos amours, nos traverses, notre espoir; et alors, vous, vous tournant vers Alice: « Tu seras heureuse, enfant, » et en effet, deux jours après je suis ici, pâle de bonheur, ma main dans cette main, nos âmes confondues, l'un et l'autre émus, charmés, éblouis....

ALICE. Edouard!

ÉDOUARD. Regardez-la, regardez-nous, madame, et que votre bonheur soit fait du nôtre.

JANE, *au comble de l'émotion.* Assez! assez, mes enfants! vous m'accablez, vous me tuez! Mon cœur bondit et m'étouffe. Assez! Je veux vivre. J'aime la vie, voyez-vous; je la trouve si bonne et si belle!

MARTHA, *entrant.* Pardon.

ALICE. Qu'y a-t-il, ma bonne Martha?

MARTHA. Ils sont tous là, ces bonnes gens, et la neige commence à tomber.

ALICE. Oh! vite, qu'ils viennent, et cours activer le feu dans les chambres.

JANE. C'est cela, et pendant qu'Alice recevra ses pauvres, nous aurons un entretien sérieux, monsieur Edouard. Jusqu'à présent, elle n'a pas de nom, cette pauvre enfant, pas de mère. Il faut, au moins, qu'elle ait une dot.

ÉDOUARD. Madame!

JANE. Oh! venez. Et si vous avez des objections à faire, que ce ne soit pas devant elle. (*Ils sortent.*)

SCÈNE III.

ALICE; PÉNÉLOPE, ARTHUR, FLORA, CORNHILL, *en mendiants*; MENDIANTS.

ALICE. Entrez, mes amis. C'est ici la maison du bon accueil et des mains ouvertes. Entrez!

UN MENDIANT. Dieu, dit-on, est avec ceux qui donnent, ma belle enfant, et cela doit être. Votre front rayonne. (*Les mendiants se groupent autour d'elle.*)

PÉNÉLOPE, *en mendiante.* Enfin, Arthur, nous voici dans la place.

ARTHUR, *en mendiant.* Silence, prudence et sang-froid.

PÉNÉLOPE, *à Cornhill.* Nabab, vous oubliez de boiter.

CORNHILL, *en mendiant boiteux.* Mon costume est infect! Il m'incommode beaucoup.

MARTHA, *rentrant.* Ils peuvent venir, le dîner les attend.

CORNHILL, *à part.* Pas de porto, bien sûr!

UNE VOIX, *au dehors.* Hé! la maison! Alice! Martha!

ALICE. La voix du docteur!

MARTHA. Monsieur Lambel!

ARTHUR, *à part.* Lambel, allons dîner.

PÉNÉLOPE, *à Cornhill.* Mais boitez donc. (*Les mendiants sortent.*)

CORNHILL, *à Pénélope.* C'est là notre innocente?

PÉNÉLOPE. Oui, don Juan! (*Elle entre.*)

CORNHILL. Hé! hé! C'est égal, ils ont beau dire, ma pelisse de zibeline eût été d'un bien meilleur effet. (*Il sort en jetant sur Alice un coup d'œil assassin.*)

ALICE, *embrassant Lambel.* Mon bon, mon cher monsieur Lambel!

MARTHA. Madame Brown va être bien contente. Je vais lui annoncer votre arrivée. (*Elle sort à gauche.*)

SCÈNE IV.

ALICE, GEORGES.

GEORGES. C'est cela! moi, pendant ce temps, j'embrasserai ma jolie Alice, et je boirai un verre de n'importe quoi. Au mois de décembre, vois-tu, une diligence, ce n'est pas tout à fait un calorifère.

ALICE, *le serrant.* Enfin, c'est vous!

GEORGES. C'est moi!

ALICE. Oh! vous deviez arriver aujourd'hui, je le savais bien!

GEORGES. Tu savais cela, toi, petite fille?

ALICE. Mais oui, monsieur, moi, petite fille, et M. Édouard aussi, et madame Brown aussi.... Un jour pareil; deux fêtes, deux bonheurs! et pas de docteur! ça ne se pouvait pas!

GEORGES, *la regardant.* Elle est belle comme une rose de mai.

ALICE. Oui, oui, faites le gentil. Tout un mois absent!

GEORGES, *sérieux.* Mes malades s'en sont plaints?

ALICE. Oh! non.

GEORGES, *riant.* N'est-ce pas?

ALICE. Mais vos amis....

GEORGES. Qui brûlaient de connaître le résultat de mon voyage...

ALICE, *rêveuse.* Eh bien?

GEORGES. Espère, mon enfant.

ALICE. Quoi! vous avez découvert quelque indice sur ma naissance?

GEORGES, *se lève.* Non, pas précisément.

ALICE, *avec douleur.* Ah!

GEORGES. Mais ça ne tardera pas; et aujourd'hui même...

ALICE. Aujourd'hui.... vraiment....Quoi.... je pourrais?...

GEORGES. Bon! voilà notre petite tête qui va travailler. Patience! Oublie ce que j'ai dit (1). Sois confiante, ris, babille, sois heureuse, et attends. Voyons! ta petite fête sera-t-elle gentille?

ALICE. Je crois bien! Ah! mais, à propos, et le compliment pour madame Brown!

GEORGES. Ah! diable! c'est vrai, le compliment!

ALICE. Vous l'avez?

GEORGES. C'est-à-dire.... écoute bien....

ALICE. Oh! pas de prétexte. Vous m'avez dit en partant : mon premier vers est fait. Je trouverai les autres le long du chemin.

GEORGES. Certainement, je comptais sur l'animation de la route, sur le grand air. Mais figure-toi, du brouillard tout le temps à couper par tranches. Ça n'inspire pas du tout, le brouillard; et puis, il faut l'avouer, j'ai eu beau me creuser la cervelle, je n'ai jamais pu trouver une rime à ce fameux premier vers.

ALICE. Oh, par exemple!

GEORGES. Mais trouve-la donc, toi! si tu penses que c'est facile :

Vous êtes ici-bas l'ange de la pitié.

Tu conçois, un vers comme celui-là, quand on l'a on le garde. « L'ange de la pitié! » Hein! n'est-ce pas que c'est vrai?

ALICE. Oh! certes. Mais après?

GEORGES. Ah! après, après ... voilà! Qu'allons-nous faire rimer avec *pitié!*

SCÈNE V.
LES MÊMES, JANE, *entrant.*

JANE. Amitié, docteur, amitié. (*Elle lui tend la main.*)

GEORGES. C'est juste! Les sots! qui veulent faire accorder la rime avec la raison. Vous, vous la cherchez dans le cœur, et vous la trouvez tout de suite.

JANE, *à Alice.* Édouard est dans la serre, occupé à la ravager.

ALICE. C'est vrai!... nos bouquets! Je n'y pensais plus.

JANE. Va, ma fille, pendant que je causerai un peu avec le docteur.

ALICE. Oui.... c'est cela. (*Bas à Lambel.*) Vous allez lui faire des confidences à elle, tandis qu'à moi....

GEORGES. Sois donc tranquille, et va faire tes bouquets. (*Alice sort.*)

SCÈNE VI.
JANE, GEORGES.

GEORGES. Eh bien! ma chère Jane, vous ne me demandez pas si j'ai réussi?

JANE. Mais.... au contraire.... parlez! Et d'abord, cette maisonnette, en avez-vous conclu l'acquisition?

GEORGES. L'acte est dressé; seulement, si vous aimez ce cottage, et que vous désiriez y rester, tenez-en bien les portes fermées.

JANE. Quoi! soupçonnerait-on?...

GEORGES. C'est moi qui soupçonne jusqu'à présent. Le jour même où je terminais avec le notaire, une autre vente avait lieu, celle du château de Klingford, à dix milles d'ici.

JANE. Et l'acquéreur?

GEORGES. Sir Arthur Nottingham.

JANE. Arthur!

GEORGES. Lui-même. Ne pouvant hériter de son oncle, qui n'a laissé que des dettes, il veut du moins lui succéder au Parlement. Il a choisi le bourg de Klingford où il a dû venir s'installer depuis huit jours.

JANE. Que dites-vous là? Quoi! cet homme; lui qui osa convoiter Alice! Mon Dieu, voilà que je tremble comme à l'approche d'un malheur.

GEORGES. Ah! certes, c'est un rude jouteur, et il a contre vous une haine qu'il n'a jamais dissimulée. Vous concevez, il n'avait qu'un oncle, et vous le lui avez si bien mangé!

JANE. Georges!

GEORGES. Pardon! je suis brutal, mais l'heure est suprême. Il s'agit du bonheur d'Alice. La pouvez-vous défendre, vous? Non! Édouard seul aura ce droit, quand elle sera sa femme. Il faut qu'il l'épouse le plus tôt possible, et pour cela....

JANE. Oh! je devine ce que vous allez dire.

GEORGES. Et vous paraissez vous en effrayer?

JANE. Moi!... mais non, du tout, je vous écoute. (*Elle s'assied.*)

GEORGES. Jane, vous rappelez-vous les paroles qui ont décidé mon départ : « Plus je vis près d'Alice, me disiez-vous, plus je respire le parfum de cette âme virginale, et plus mon esprit, jusque-là pervers, s'ouvre à de meilleures pensées. Cette enfant m'enseigne à son insu des délicatesses que j'ignorais, des règles de droiture dont je ne me doutais pas. »

JANE. C'est vrai!

GEORGES. Et c'est ainsi que germa dans votre cœur la pensée d'un grand dévouement : « Alice, me dites-vous, ne doit pas être la fille de Jane Osborn, cherchez-lui un autre nom, une autre mère, faites mentir la nature; mais que jamais la célébrité de la courtisane ne vienne mêler son rayonnement infâme à cette couronne d'innocence. Il me suffit d'avoir eu mon Alice, là, près de moi, belle, heureuse, aimante. Je vois dans ce bonheur, j'y ai goûté, c'est plus que je ne mérite. Allez, Georges, allez, fouillez, cherchez, répandez l'or et revenez. Revenez avec toutes les preuves de la naissance d'Alice. Ne laissez rien derrière vous. Rapportez bien tout, tout ce qui serait une trace, un indice, une accusation.... Vous me donnerez tout cela, et soyez tranquille, j'aurai la force de tout anéantir.

JANE. Eh bien, Georges?

GEORGES. *lui présentant un paquet.* J'ai obéi, j'ai réussi, les Woodfield, dépositaires des papiers laissés par Kate Wilson, me les ont remis, j'ai pu remonter même jusqu'aux registres du presbytère de Blackland, petite bourgade où Alice vint au monde. Tout est là, sous ce pli, les droits de votre maternité, les voilà. Jane Osborn, les voilà. Prenez-les, c'est à vous seule d'en disposer.

JANE, *les prenant.* Ainsi, mon Alice n'aura plus de mère, et lorsque Édouard Garillan lui demandera quel est son nom, elle devra répondre : Je suis la fille du hasard et de l'inconnu.

GEORGES. Rassurez-vous, Jane, je saurai lui trouver un nom.

JANE. Qu'elle pourra sans rougir prononcer au pied des autels. C'est à merveille! vous avez prévu toutes les objections. En effet, Georges, votre voyage a eu les excellents résultats que j'en attendais. Je vous remercie... je vous... (*Éclatant en sanglots.*) Ah! ah! mon Dieu! secourez-moi! Donnez-moi de la force!

GEORGES. Jane!

JANE. Ah! plus un mot!

GEORGES. Avez-vous oublié!...

JANE. Tout! tout! excepté une chose : c'est que je suis sa mère!

GEORGES. Sa mère! Attendrez-vous pour vous repentir qu'Arthur Nottingham ait tout découvert! Ce serait la mort d'Alice, résisterait-elle à l'effroyable douleur de cette révélation.

JANE. Georges! Vous me brisez le cœur. J'ai pu vous demander, moi, d'effacer ainsi d'un trait de plume, cette sainteté de ma vie! mon droit d'être mère!

GEORGES. Oui, Jane, vous l'avez demandé.

JANE. Et vous m'avez prise au mot! Et il se vante de m'avoir aimée!

GEORGES. Ah! tenez, j'y succomberai à cette tâche ingrate et impossible! Je ne l'ai pas aimée! Moi, qui ai eu pour elle cette ambition, cette folie de la vouloir faire aussi héroïque par son repentir que d'autres sont grands par leur vertu! Je lui ai dit : Tu ne peux plus être l'amante qu'on avoue, l'épouse dont on se glorifie, la mère qu'on vénère. Sois le sacrifice, sois le dévouement, sois la douleur! Crois-moi, il y a des angoisses glorieuses. Est-ce leur fardeau qui t'effraye? Je vais te montrer comment on le porte, et prenant mon cœur à deux mains, je lui ai fait voir ce cœur déchiré, saignant, brûlé d'amour, et muet, cependant, et je lui ai dit : Voilà comme il faut souffrir; sans éclat, sans faste, sans colère. J'aime une femme qui n'est plus, la jeune fille de Glasgow, celle que tu m'as tuée. Eh bien, regarde-moi sourire et sache comment, pour le bonheur d'Alice, tu dois à ton tour terrasser en silence l'orgueil de ta maternité!

JANE. Georges, je pense à une chose bien simple.

GEORGES. Laquelle?

JANE. Je jette une ombre sur l'avenir de cette enfant, je suis une tache dans sa vie. Eh bien, le suicide est dans mes habitudes, et Nottingham n'est plus là pour me sauver.

GEORGES. Qu'osez-vous dire?

JANE, *avec violence.* Après cela, vous inventerez pour Alice toutes les mères, tous les mensonges que vous voudrez.

GEORGES. Ah! ça vous n'êtes donc qu'un cœur lâche, une âme impuissante!

JANE. Georges!

GEORGES. Regardez! regardez! (*On voit passer Alice et Édouard derrière la vitrine du fond.*) Vous parlez de mourir, quand vous pouvez encore assister de loin à ce bonheur qui sera votre ouvrage. Quand vous pouvez du fond de la solitude que vous aurez choisie, surprendre encore un écho de cette voix bien-aimée. Quoi! devant le spectacle de tant d'amour et de jeunesse, vous Jane, vous vous roidissez dans votre cœur et vous ne voulez ni souffrir pour cette enfant, ni vivre pour l'aimer!

(*Pendant qu'il parle, Jane a pris les papiers, les a portés à ses lèvres et les a laissés tomber dans la flamme de l'âtre qui les dévore. Georges qui a tout vu, ouvre les bras à Jane.*)

JANE, *tombant sur le sein de Georges avec un sanglot.*) Ah! mon ami, mon ami!

GEORGES. Mon Dieu, il me semble que l'heure est venue pour votre justice de pardonner à cette femme! (*Les cloches sonnent.*)

JANE, *oppressée.* Dieu! Écoutez, il nous appelle. Allons le remercier de la force qu'il m'a donnée. Allons le prier de m'en accorder encore. Venez, ami, venez!

GEORGES, *à lui-même.* Je voulais le sacrifice. Mais j'ai la récompense toute prête. (*Il sort avec Jane.*)

SCÈNE VII.
ARTHUR, CORNHILL.

(*Arthur entre avec précaution, s'assure qu'il est seul et fait signe à Cornhill d'entrer.*)

CORNHILL, *respirant.* Mon domestique a réussi à m'envoyer, par la fenêtre de ma chambre, un costume à peu près convenable. Malheureusement, le drôle a oublié mes essences.

ARTHUR. Ici, dans ce parloir, nous serons à l'abri de Pénélope et des vrais mendiants. D'ailleurs, Pénélope est occupée de sa toilette. La maîtresse de cette maison est une de ses amies à qui elle veut faire une petite surprise. Mais cela ne vous regarde pas. Vous êtes ici pour autre chose, vous.

CORNHILL. Une chose bien scélérate.... Hi! hi! ça me fait rire.

ARTHUR. Toute la maisonnée est au prêche. Ils en ont pour une petite heure. Écoutez-moi bien. Je vous ai produit dans le monde élégant, et grâce à moi, vous y avez fait une certaine figure....

CORNHILL. J'y ai dépensé beaucoup d'argent.

ARTHUR. Ah! fi! Oubliez donc que vous avez su l'arithmétique.

CORNHILL. Oui, Arthur.

ARTHUR. Je ne suis pas homme à rappeler mes services, ni à souligner mes bienfaits. Mais, franchement, vous n'êtes pas né pour la vie politique, vous êtes fait pour la vie élégante du boudoir. Donc, en vous dissuadant de vous porter candidat aux élections qui vont avoir lieu ici près à Klingford et en m'y présentant à votre place, j'ai agi avec un parfait dévouement.

CORNHILL. Ajoutez, ami généreux, que pour l'acquisition du domaine de Klingford, vous puisâtes dans ma bourse comme si elle eût été la vôtre!

ARTHUR. Ainsi, nous avons fait, vous et moi, échange de bons services. Vous m'avez abandonné la candidature, je vous ai laissé la petite Alice, pour qui d'ailleurs vous commencez à dépérir.

CORNHILL. Vous croyez?

ARTHUR. N'en doutez pas. Vous dépérissez!

CORNHILL. Quel bonheur! Si j'allais maigrir! O Arthur, quelle reconnaissance!

ARTHUR. Ne larmoyez donc pas ainsi. Nous disons que vous enlevez Alice.

CORNHILL. L'enlever! Ah! vous pensez qu'il est nécessaire de....

ARTHUR. Tout ce qu'il y a de plus nécessaire. Patrick Dorset n'a compté dans le monde que du jour où il enleva la Vignani.

CORNHILL. C'est juste; mais Alice s'y refusera peut-être.

ARTHUR. Une jeune fille se refuse ordinairement à ces choses-là. Seulement, j'ai tout prévu. Je vous ai mis en rapport avec une certaine femme Christmas d'Édimbourg.

CORNHILL. C'est-à-dire.... vous m'avez enjoint de lui compter cinq cents guinées, et je les lui ai comptées.

ARTHUR. Elle possédait une bague que vous lui avez achetée.

CORNHILL. Une méchante petite bague de rien du tout. J'en ai de beaucoup plus belles, et qui m'ont coûté moins cher. Trois cents guinées, outre les cinq cent, en tout huit cents guinées pour une babiole que voici! et que j'ai honte de porter.

ARTHUR. Allons! il fera toute sa vie des additions.

CORNHILL. Je me tais, mon bon ami, je me tais.... Mais j'en ai de plus belles, de bien plus belles.

ARTHUR. Vous allez sortir d'ici, et vous promener sur la place.

CORNHILL. Oui, Arthur.

ARTHUR. Vous aviserez Alice, et vous tâcherez, sans être vu de personne, de lui mettre cette bague sous les yeux. J'ai tout arrangé pour qu'elle fût un instant séparée des personnes qui l'accompagnent.

ARTHUR. Ayez le soin d'affecter l'air respectable d'un alderman ou d'un sheriff de province, une bonhomie noble, digne et paternelle.

CORNHILL. J'affecte tous les airs que je veux. Tenez! regardez plutôt. (*Il marche majestueusement.*)

ARTHUR. C'est superbe! On dirait une oie qui a pris ses grades de docteur à l'Université de Cambridge.

CORNHILL. C'est précisément là que j'ai étudié.

ARTHUR. Mais je poursuis: à peine Alice aura-

t-elle aperçu cet anneau, qu'elle vous parlera de sa mère, elle vous demandera si vous la connaissez, si vous venez de sa part.

CORNHILL. Diable!

ARTHUR. Vous direz que oui.

CORNHILL. Mais.... je ne la connais pas cette mère.

ARTHUR. Qu'est-ce que ça vous fait?

CORNHILL. C'est vrai; ça ne fait rien du tout.

ARTHUR. Peut-être vous demandera-t-elle à lire le nom écrit sur cette bague.

CORNHILL. Il y a un nom!

ARTHUR. Oui, la bague s'ouvre, je vous montrerai le secret. Quant à Alice pour lire ce nom, pour connaître sa mère, elle vous suivra jusqu'au bout du monde.

CORNHILL. C'est ce qu'il faut.

ARTHUR. Vous voyez donc bien!

CORNHILL. Homme prodigieux!

ARTHUR. Vous-vous donc à lui dire: Mademoiselle, je vous attends à l'hôtel du Bourg.

CORNHILL. Après!

ARTHUR. Après, vous irez l'attendre à l'hôtel du Bourg.

CORNHILL. C'est simple comme tout ce qui est grand. J'y vais. (*Il remonte.*)

ARTHUR. Oh! du monde par ici. (*Il lui indique la porte de droite.*) Au bout de ce corridor, vous trouverez une petite porte qui ouvre juste sur la place.

CORNHILL. Ah! bien.... du l'alderman dans les jambes.... j'ai mon affaire! je tiens mon type! Adieu, ami, adieu!

SCÈNE VIII.

ARTHUR, seul.

Il est si bête qu'il peut réussir. (*On entend du bruit dans la pièce extérieure.*) Quelqu'un! Jane. Édouard! notre jeune fiancé doit avoir déjà du plomb dans l'aile.... Quant à Jane, c'est un autre gibier, cela! Allons sonner la vue! en attendant le hallali. (*Il sort en fredonnant une fanfare de chasse.*)

SCÈNE IX.

JANE, ÉDOUARD.

JANE. Entrez, monsieur Édouard, et dites-moi vite.... Mon Dieu! comme vous voilà pâle et agité... Voyons, vous avez voulu être seul avec moi... parlez.... Vous avez reçu, dites-vous, une nouvelle grave?

ÉDOUARD. Cette lettre... point de signature... mais quelle révélation!

JANE. Une révélation!

ÉDOUARD. Lisez.

JANE, *lisant.* « M. Édouard Garillan, qui est sur le point d'épouser une jeune fille nommée Alice, et demeurant chez madame Brown, au bourg de Blackstown, ignore sans doute que cette jeune personne est fille d'une créature assez célèbre du nom de Jane Osborn. » (*Avec un cri d'horreur.*) Ah!

ÉDOUARD, *continuant.* « On espère aujourd'hui même le lui prouver de la manière la plus authentique; on le conjure pour son bonheur de ne pas se prêter plus longtemps à l'infâme intrigue dont un certain acteur Lambel a ourdi la trame, et qui a pour but de pousser M. Garillan à couvrir de son nom recommandable les vices et les souillures d'une fille perdue! »

JANE, *à part, éperdue.* Seigneur! Seigneur! quand sera-ce donc assez?

ÉDOUARD, *dans la plus grande agitation.* Jane Osborn, c'est cela! Lambel, l'amant de Jane, cela doit être, pardieu! Cette lettre est vraie! Elle est vraie. (*Regardant Jane.*) Vous êtes confondue d'horreur, n'est-ce pas?

JANE, *d'une voix sourde.* Je me meurs.

ÉDOUARD. Remettez vous, madame. Voyez, je suis calme.... j'aurai du courage: cette lettre est d'un ami. Elle me déchire le cœur, mais elle me rend service.

JANE. Comment? Que voulez-vous dire?

ÉDOUARD. C'est bien simple, je retourne à Londres.

JANE. Et vos projets?

ÉDOUARD. Renversés, détruits!

JANE. Et Alice?

ÉDOUARD. Je l'oublierai.

JANE. Mais elle... elle!... L'pauvre enfant, elle vous aime! Si jeune, si pure, un pareil coup! Elle en mourra!

ÉDOUARD. Vous êtes bien émue, madame! Merci pour elle!... merci!

JANE. Mais je vous demande sa grâce.

ÉDOUARD. Sa grâce, à moi! à moi qui donnerais tout le sang de mes veines pour lui pardonner une faute! Mais vous ne voyez donc pas tout ce que je souffre!

JANE. Oh! oui, oui, vous souffrez, je le vois! J'en mourrais le dire, vous l'épargnez! Vous ne la tuerez pas!

ÉDOUARD. Puis-je vous comprendre? Savez-vous, madame, ce que vous me conseillez! Non, vous ne pouvez pas accepter cela; votre vie, à vous, digne et honorable femme, s'est écoulée dans la retraite, comment connaîtriez-vous la vie souillée de certaines créatures! Jane Osborn! ce nom ne vous dit rien, à vous, mais à moi! à moi! Et Alice est la fille de cette femme! Cette chasteté sort de cette boue, ce lys est de cette fange, oh! j'ai un doute si social terrible! Et j'épouserais, moi, la fille de Jane Osborn, une femme qui s'appellerait Alice Osborn! et la courtisane serait une parente de ma sœur! et je ferais tenir sa fille par ma mère! Allons, dites, est-ce que c'est possible, est-ce qu'on en peut seulement concevoir la pensée! (*Georges Land est depuis un instant sur le seuil du fond et écoute Garillan.*)

SCÈNE X.

LES MÊMES, GEORGES.

GEORGES, *à part.* Pauvre femme! toujours victime sacrifiée à l'infamie des uns et à l'honneur des autres.

ÉDOUARD. Ah! c'est vous, monsieur. (*Lui tendant la lettre.*) Tenez, lisez.

JANE, *à part.* Au delà du tombeau, il y a des peines éternelles. Dieu en trouvera-t-il pour moi? Tout ce qu'on peut souffrir, ne l'aurais-je pas souffert?

GEORGES, *après avoir lu.* C'est vrai, Édouard, je vous ai trompé.

ÉDOUARD. Vous l'avouez!

GEORGES. Mais bien d'ambitionner pour Jane Osborn l'alcôve de votre famille et de votre honneur, j'ai au contraire usé de tout mon pouvoir sur elle pour la dépouiller de ses droits de mère et pour vous donner Alice débaptisée du nom que vous redoutez. Alice a été la fille de Jane Osborn, c'est vrai... ma Alice ne l'est plus.

ÉDOUARD. Je ne vous comprends pas!

GEORGES. Tous les titres qui établissaient sa naissance ont été recueillis, achetés, enlevés même par Jane Osborn, et devant moi, sa mère a voulu cette mère s'assassinant elle-même, les a brûlés, anéantis.

ÉDOUARD. Que dites-vous là? (*Changeant de ton.*) Mais à quoi bon! nous sommes insensés! Oh! penser que Jane Osborn peut dire: « Ma fille », à cet ange.

GEORGES. Elle ne le lui dira jamais.

ÉDOUARD. Une mère! Il faudrait pour cela qu'elle fût morte.

JANE, *à demi-voix.* Si elle ne l'est déjà, croyez-moi, elle le sera bientôt.

GEORGES. Voici ce qu'à moi-même Jane Osborn a juré: « Je jure, a-t-elle dit, de respecter le bonheur d'Alice, et de m'en tenir à jamais à l'écart; je jure de me faire oublier, de me cacher, de disparaître. Je vais dans l'ombre pleurer et mourir. » (*Se relevant et vers Jane.*) Vous, madame, répondez-moi, vous êtes femme; interrogez votre cœur. Si vous étiez mère, et que vous eussiez juré cela, le feriez-vous? répondez.

JANE. Oui, je le ferais. Et je me porte caution de cette femme. Quelque misérable qu'elle ait été, elle fut bonne mère.... il me semble, puisqu'elle a tiré avec piété et pudeur un voile entre sa fille et elle, puisque pendant seize années elle a accepté ce sacrifice surhumain de ne pas voir son enfant. Ah! monsieur Édouard, vous devez tout attendre d'un pareil amour.

ÉDOUARD. Hélas! madame, votre bon cœur vous abuse, votre âme fière et généreuse croit facile un de ces dévouements devant lequel tout autre que vous reculerait. Jane Osborn est jeune encore, elle s'étourdit. Elle vivra de bruit, d'éclat, de folies, elle oubliera sans doute, mais quand! les années amèneront la vieillesse, et avec la vieillesse l'isolement, l'abandon, le silence et le vide; dans dix ans, dans quinze ans, croyez-vous que cette malheureuse, lorsqu'elle sera seule, près de son foyer désert....

JANE, épouvantée. Ah! assez, c'est épouvantable, ce que vous dites là!... (Se reprenant sur un geste de Georges.) Quelle folie! ces femmes-là n'atteignent jamais la vieillesse. Dans quinze ans!... allez, rassurez-vous, dans quinze ans il y aura longtemps qu'elle sera morte.

GEORGES. Eh bien! Édouard?

ÉDOUARD. Georges, que vous dire? que faire? vos paroles me troublent et j'aime Alice, je l'aime.... Alice? Alice, qui? Elle ne s'appelle plus Osborn, mais quand! ma mère me demandera son nom, que répondrai-je?

GEORGES. Vous répondrez qu'elle est la fille adoptive de madame Brown, et qu'elle s'appelle Alice Brown.

JANE, avec un cri à demi-étouffé. Ah! qu'a-t-il dit? quel espoir?

ÉDOUARD. Georges, je ne résiste plus, vous me sauvez du désespoir, je vous confie mon avenir, mon honneur. Ils ne peuvent être trahis par vous. (Allant à Jane.) Ah! madame, vous l'avez aidé à me convaincre, je vous devrai une partie de mon bonheur.

JANE, à part. Une partie.... hélas!

GEORGES. Alice! pas un mot devant elle.

ÉDOUARD, remontant vers Alice qui paraît au fond. Non, je n'aurais pas pu vivre sans elle!

ALICE, à Édouard, si vous saviez comme je suis heureuse.... mais plus tard vous saurez tout. Allez vite chercher nos pauvres. (Edouard sort par la droite. A elle-même.) Oh! ma mère! (Jane fait un mouvement et la regarde.)

ALICE, avec gentillesse. Bien, je vais chercher nos paysans. (Elle sort par le fond.)

JANE, vite et bas à Georges. Comment allons-nous faire, Georges, cet acte d'adoption sous un faux nom?

GEORGES. Ce n'est pas sans motif que je vous l'ai fait prendre. Depuis longtemps j'avais en ma possession les papiers laissés par une malheureuse, morte à l'hôpital de Glascow. Cette femme, née à Calcutta, avait été riche, mais n'ayant plus ni famille, ni amis, et ne voulant pas que son nom de Brown fût inscrit sur les registres de la mendicité, elle prit celui de Smith en entrant à l'hospice et mourut sous ce nom. Je ne fais de tort à personne en vous donnant l'héritage d'un nom que nul n'a intérêt à revendiquer, vous vous appelez Brown, et à moins que vous ne disiez vous-même le contraire....

JANE, avec joie. Ah! Georges! je vous devrai une seconde existence. (Mettant la main sur son cœur.) Ah!

GEORGES. Qu'avez-vous?

JANE. Le cœur... la joie l'étouffe maintenant comme la douleur... il s'y fera.... c'est le manque d'habitude, voyez-vous?

ÉDOUARD, rentrant. Par ici, mes amis! par ici!

SCÈNE XI.

LES MÊMES, ALICE, MARTHA, PAYSANS, puis ARTHUR, PÉNÉLOPE.

UN PAYSAN, s'avançant un bouquet à la main. Mistress Brown, tout à l'heure dans la chaire, le ministre disait: « Le bon Dieu est partout, il est dans les fleurs de ton jardin, Molly, dans les épis de ton champ; Grosbob, il est dans les petites risettes des enfants, dans le sourire des épousées, dans le bon gros rire des vieux, enfin, dans tout ce qui est doux... et gai, et rend heureux. » C'est pourquoi nous venons et disons: Il est aussi dans votre cœur, mistress Brown, parce que votre cœur est la meilleure chose que nous connaissions. Et après avoir honoré le Seigneur, nous venons à vous, et nous vous fêtons. Et prenez ça comme c'est dit et vive madame Brown!

TOUS. Vive madame Brown!

GEORGES. Ah! bien! je n'aurais jamais pu mettre cela en vers; moi!

CORNHILL, paraissant à la porte de droite bas à Arthur. Ah ça, mais j'attends toujours là-bas à l'hôtel, moi.

ARTHUR. Silence, retournez-y, tout va bien. Seulement prêtez-moi la bague pour un instant. (Cornhill disparaît; cet aparté n'a été remarqué de personne.)

JANE, reçoit les bouquets des paysans qui l'entourent. Merci, mes amis, demandez à Dieu le bonheur d'Alice et d'Édouard, et nous serons quittes. (A Edouard et à Alice.) Mes enfants, j'appelle sur vos têtes toutes les bénédictions du ciel. Je vous ai dotés de l'interression de ces âmes simples et aimantes. Elle suppléera mon indignité.

PÉNÉLOPE, sortant d'un groupe. Bravo! Très-touchant, ma bonne....

JANE. Elle! Vous! Eux! Ici! Ah! la voilà Alice. (Par un mouvement instinctif elle prend sa fille dans ses bras et s'en fait comme un bouclier.)

ÉDOUARD. Georges! que signifie cela?

PÉNÉLOPE, un bouquet à la main. Je me fais l'effet de l'Estelle de M. de Florian. (Galamment.) Ma bonne, chaque année, à pareil jour, nous venions déposer quelques fleurs à tes pieds. Tu étais notre reine. Tu as abdiqué, mais pas pour moi. Je suis toujours la très-humble servante. (Riant.)

ÉDOUARD. Georges, parleras-tu à la fin?

(Jane, folle d'épouvante, traverse la scène sans quitter Alice.)

GEORGES. Que veux-tu que je te dise, elle ne la connaît pas. (Bas à Jane.) Vous ne la connaissez pas!

JANE. Viens, viens! que dit cette femme? qui est-elle? Je ne la connais pas. (Elle se retourne et se trouve en face de Pénélope qui rit aux éclats. Alice se recule brusquement et regarde Jane avec stupeur.)

PÉNÉLOPE. Parce qu'on a fait peau neuve! Ah! on joue à la maman! à l'honnête femme! Ah! on fabrique ici des filles porte-respect pour les vertus éraillées! Eh bien, je le trouve commode ce pays-ci, et j'y reviendrai.

GEORGES. Voyons, assez! qu'on jette cette folle à la porte, vous voyez bien que madame Brown ne la connaît pas.

ARTHUR, apparaissant près de Jane. Si vous la faites chasser et si vous continuez à mentir, je montre à Alice cette bague où elle sait qu'est gravé le nom de sa mère!

JANE, courant aux paysans qui s'avançaient vers Pénélope. Ah! arrêtez!!

PÉNÉLOPE. Vous me reconnaissez enfin!

ÉDOUARD. Mais qui êtes-vous donc alors, madame?

(Jane, apercevant la bague entre les mains d'Arthur, s'arrête).

ARTHUR, bas. Ne mentez pas, je vous la rends.

JANE. Je suis!.. je suis... Jane Osborn. (Elle arrache la bague à Arthur.)

ALICE ET ÉDOUARD. Jane Osborn! (Edouard repousse Alice avec horreur. Jane le voit, pousse un cri et s'évanouit. Les paysans la soutiennent.)

ÉDOUARD. Ils me trompaient tous!.. Adieu, adieu, Alice. (Il s'éloigne avec effort.)

ALICE, à Martha. Ah! il n'y a que ma mère qui puisse me protéger. Viens! viens. (Elle s'éloigne par la porte latérale de droite, suivie de Martha.)

ARTHUR, la regardant sortir. Parfait! (Arthur remonte comme pour aller à Pénélope et se trouve en face de Georges qui l'arrête du geste.)

GEORGES. Oh! vous ne sortirez pas!

ARTHUR, à Georges. Mais que voulez-vous de moi, docteur?

GEORGES. Pardieu! je veux vous tuer.

ACTE QUATRIÈME.

Un salon d'hôtel à Calais. Portes latérales à droite. Une cheminée avec du feu.

SCÈNE PREMIÈRE.

CORNHILL, seul,

(Il entre par la gauche tenant des paquets d'herbes sèches, Appelant.) Baptiste! Baptiste! Ah! ouiche!.. Cet hôtel est certainement le meilleur de Calais. On y compte deux sommeliers, un maître d'hôtel, des chefs d'office, des palefreniers, des majordomes... Seulement il n'y a peut-être pas assez de domestiques. Je vais comme toujours faire moi-même la petite préparation prescrite par le médecin. Voici ma bouilloire (il prend la bouilloire à la main et la garde pendant toute la scène); voyons, j'ai mes petits paquets... lichen, valériane, écorce d'orange aussi bien, quatre parties pour six tasses d'eau... C'est l'ordonnance. Pauvre chère petite Alice!... Où est donc ma valériane? Nous disons six tasses d'eau; une, deux, trois, quel affreux coquin que cet Arthur! Quatre M'avoir jeté dans de pareilles infamies... Cinq. Moi, son ami, un négociant, dont la signature a toujours été respectée. Six. Il faut croire que j'ai été fou... L'envie de faire parler de moi m'a tourné la tête... Imbécile, va! Tu aurais donc été bien aise quand tu serais passé dans le Strand, ou bien, quand tu aurais paru dans ta calèche à Hyde-Park, qu'on dît: Voyez-vous le gros Cornhill, il a autant de méfaits sur sa conscience que de millions dans sa caisse, c'est un libertin. (S'arrêtant court d'un air sérieux.) J'en frémis!... et c'est ce brigand d'Arthur, ce scélérat, ce... Ah! si je le tenais! (Arthur est entré par la gauche et a entendu les derniers mots.)

SCÈNE II.

ARTHUR, CORNHILL.

ARTHUR. Bonjour, Cornhill?

CORNHILL. Hein? Ah! (Riant avec une grâce forcée.) Comment, c'est ce cher... vrai vous m'avez fait une belle peur.

ARTHUR. Mais non! c'est vous qui paraissiez vouloir me faire peur.

CORNHILL. Moi! oh! pouvez-vous croire!

ARTHUR. Eh! mais quel tripotage faites-vous donc là? Êtes-vous devenu droguiste?

CORNHILL. Oui... je fais une décoction. Six parties d'eau... Ah! j'oubliais mon orange amère... (Il court à la cheminée.) Ce cher ami! ainsi, vous voilà donc en France! Je vous manquais, pas vrai? (A part.) Le diable l'emporte!

ARTHUR. Je suis arrivé cette nuit de Kingsford, où les élections sont terminées.

CORNHILL. Vous êtes nommé?

ARTHUR. Non, j'ai échoué.

CORNHILL. Hourdiment! Ah! tant mieux!

ARTHUR. Comment!

CORNHILL. Oh! (Riant.) J'ai dit tant mieux! Ah! ah! ah! ah! que c'est bête! c'est la joie que j'ai de vous revoir. Au contraire cela me chagrine au dernier point. (A part.) S'il eût été nommé, il serait resté à Londres. (Haut.) Vrai, ça me chagrine beaucoup.

ARTHUR, soupirant. Oui, il m'a manqué cinquante voix auxquelles je n'ai pu mettre le prix faute d'argent.

CORNHILL, maussade. Ah! vous manquez d'argent!

ARTHUR. Plus que jamais. Le cher oncle m'a légué tout ce qu'il avait, une nuée de recors, de lettres de change, de protêts, de contraintes, et j'use largement de son héritage. De sorte, mon petit Cornhill, que je viens ici pour me distraire un peu.

CORNHILL, *à part.* Ah mon Dieu! il vient ici pour se distraire. Qu'est-ce qu'il entend par là? Ah! c'est que je suis là, moi, et je ne veux pas que.... (*Haut.*) Arthur, croyez-moi, si vous cherchez à vous distraire, allez-vous-en. Calais est une ville affreuse et triste.

ARTHUR. Triste! vous ne savez ce que vous dites, Cornhill. Vous allez voir que cette ville est remplie de distractions pour votre ami! Écoutez-moi bien!

CORNHILL. Attendez que je retire un peu ma bouilloire. Là, je suis tout oreilles.

ARTHUR. Première distraction : la grande, l'immense surprise de Cornhill.

CORNHILL. La surprise de....

ARTHUR. De Cornhill, lorsqu'il saura qu'au lieu d'enlever pour lui, pour lui seul, notre belle petite Alice, il l'a enlevée pour le compte de son meilleur ami ... pour moi!

CORNHILL. Je l'ai enlevée pour vous!

ARTHUR. Deuxième distraction ; je tombe aux pieds de la belle enfant, dans l'attitude d'un paladin, d'un sauveur. Vous concevez : je l'aurai débarrassée de vous; ce sera un titre à sa reconnaissance. Ma troisième distraction sera de faire savoir à Jane Osborn, qui a dévoré mon oncle, qu'en revanche je lui ai pris sa fille.

CORNHILL, *courroucé.* Sarpejeu! mordieu! cordieu! (*A part.*) Ah! je voudrais être courageux! fal-t-ce sera pas!... Ah! mais! ah! mais!

ARTHUR. Ah! à propos, vous ne savez pas, j'ai déjà commencé à me distraire. Là-bas, tandis que vous traversiez le détroit. Je me suis battu avec Lambel, Georges Lambel, et lui ai insinué trois pouces de fer au-dessus de la sixième côte. Il se mourait quand je suis parti.

CORNHILL, *stupéfait.* Ah! vous lui avez.... (*A part.*) Il faut lui parler avec douceur. (*Haut.*) Arthur! si vous saviez! ah! nous sommes de grands coupables! Moi, j'ai déjà commencé à me repentir. Vous voyez, je prépare des décoctions.... Car elle a été mourante, elle a été au plus mal, et sans une femme; qu'est-ce que je dis, une femme? un ange! qui a été sa garde-malade, qui l'a veillée nuit et jour, Alice serait morte! Et j'aurais cette catastrophe à me reprocher! Ah! mon ami, j'ai fait de sérieuses réflexions. Comment! moi, un négociant de la Cité, de Temple-Bar, j'ai pu m'oublier à ce point.... Il est vrai que j'avais compté sur quelque chose de plus amusant quand je l'ai enlevée.... Mais elle ne m'a fait que me demander sa mère tout le long du chemin.... Arrivée ici, le délire l'a prise.... Je m'arrachais les cheveux; j'avais envie de me jeter à l'eau.... Enfin, la garde-malade a paru.... On m'a donné le département des tisanes; on m'a installé ici avec mes bouilloires; cela m'a un peu consolé; et puis, Dieu merci! elle va mieux, beaucoup mieux.... Ah! vous l'aviez bien prédit.... J'ai maigri de moitié. Je suis à rien! je ne tiens plus qu'à un fil!

ARTHUR. Elle va mieux! Allons, rien n'est perdu. Je m'installe ici jusqu'à son parfait rétablissement. Je m'entends très-bien aussi aux petites infusions, moi. Vous verrez! c'est-à-dire non, vous ne verrez pas. Vous allez retourner à Londres, dans Temple-Bar....

CORNHILL, *à part.* Partir, laisser ici ces deux malheureuses femmes, tandis que....

ARTHUR. Vous hésitez, Cornhill?

CORNHILL. Eh bien! non, je n'hésite plus. Je reste.

ARTHUR. Est-ce une affaire que vous cherchez, monsieur Cornhill?

CORNHILL. Moi!... Ah! Dieu m'est témoin....

ARTHUR. Qu'avez-vous donc? vous tremblez comme une feuille....

CORNHILL. Je... je.... je tremble! C'est possible; je ne suis pas brave. Oh! certes! oh! non! Mais abandonner cette malheureuse enfant.,,

ARTHUR. Ah! vous me rompez les oreilles! Voyons, allez faire vos malles.

CORNHILL. Non, non! J'aime mieux me battre! Oh! ça m'étrangle! mais ça m'est égal, je me battrai!

ARTHUR. Plaît-il?

CORNHILL. Arthur, vous ne voulez pas vous en aller?

ARTHUR. Mon pauvre Cornhill, asseyez-vous, de grâce, vous allez tomber.

CORNHILL. Oui, oui... je suis poltron.... Mais vous.... vous êtes un drôle, un faquin!... Ah! tant pis, les gros mots sont lâchés. Dieu merci! il n'y a plus à s'en dédire. (*Il s'essuie le front.*) Et pendant que c'est chaud, allons-y!

ARTHUR. Tenez, bonhomme, j'ai pitié de vous. Je ne relèverai pas cette insulte, mais, croyez-moi, décampez.

SCÈNE III.

LES MÊMES, ÉDOUARD.

ÉDOUARD. (*Il est entré par le fond sans être aperçu.*) C'est vous qui allez sortir, monsieur.

ARTHUR. Garillan!

ÉDOUARD. Et qui allez sortir avec moi. Je n'ai traversé la mer que pour avoir l'honneur de faire un bout de promenade avec vous dans le lieu que vous choisirez.... N'importe lequel, pourvu qu'il soit désert et tranquille.

CORNHILL, *à part.* Monsieur Édouard Garillan, je crois.... Oh! je connais les raisons trop justes.... C'est bien! jeune homme. (*A part.*) Je serai son témoin; j'aime mieux cela.

ÉDOUARD, *à Arthur.* Partirons-nous, monsieur?

ARTHUR. Expliquez-vous d'abord, car en vérité....

ÉDOUARD. Oh! deux mots suffiront. Vous avez fait enlever une jeune fille par un de vos acolytes, monsieur, je crois, une manière d'imbécile.

CORNHILL, *avec un saut de surprise.* Hein?

ÉDOUARD, *continuant.* A qui je n'en veux nullement.

CORNHILL. Ah! c'est différent!

ÉDOUARD, *à Arthur.* Et je viens vous demander raison de cette lâcheté.

ARTHUR. Pardon, une simple question : Êtes-vous le frère de cette jeune fille?

ÉDOUARD. Non.

ARTHUR. Son parent?

ÉDOUARD. Non.

ARTHUR. Son tuteur?

ÉDOUARD. Non.

ARTHUR. Son fiancé.

ÉDOUARD, *hésitant. . .* Non.

ARTHUR. Alors de quoi vous mêlez-vous?

CORNHILL. Au fait, c'est juste alors. De quoi se mêle-t-il?

ÉDOUARD. Je me mêle de ce qui est ma vie, sir Arthur Nottingham. Je défendrai Alice contre tous, contre vous surtout.

ARTHUR. Et de quel droit?

ÉDOUARD. De ce droit-ci : je l'aime.

ARTHUR. Mais le droit que vous avez pour la protéger contre moi, je l'ai pour la protéger contre vous ; moi aussi je l'aime.

CORNHILL, *à lui-même.* Il dit cela devant moi, le double fourbe!

ÉDOUARD. Monsieur Cornhill.

CORNHILL. Monsieur!

ÉDOUARD, *montrant Arthur.* Regardez bien en face ce drôle-là. Une nuit, à Édimbourg, l'an dernier, je l'ai roué de coups de canne, et je suis encore à attendre qu'il se fâche!

CORNHILL, *avec un gros rire.* Pas possible! Et moi qui avais peur de lui!

ARTHUR, *d'une voix nette et brève.* Monsieur Garillan, votre ami Lambel, s'il était vivant, ce dont je doute, pourrait vous renseigner sur la façon dont je manie l'épée. Mais c'est un éclaircissement que j'aurai l'honneur de vous donner moi-même.... et cela où vous voudrez et avant ce soir. Seulement nous ne nous amuserons pas, je pense, aux bagatelles du genre Lambel.

ÉDOUARD. Rassurez-vous, monsieur.

ARTHUR. C'est bien.

CORNHILL, *essaye. Il va nous l'assassiner! Ah! j'ai mon idée. (Il sort circonvenant par la porte.*)

ÉDOUARD. Et maintenant, monsieur. (*Il fait le mouvement de sortir.*)

ARTHUR. Ah! pardon, j'ai auparavant quelques affaires à terminer.

ÉDOUARD. A votre aise; mais je ne vous quitterai pas.

ARTHUR. Vous avez la prétention de vous faire mon oncle?

ÉDOUARD. Votre spectre.

ARTHUR. C'est d'une folle originalité.... J'accepte.... Que l'épée soit le destin... qu'elle choisisse.... et, avant une heure, Alice sera à vous ou à moi.

SCÈNE IV.

ÉDOUARD, ARTHUR, JANE.

JANE, *paraissant par la droite.* Ni à l'un ni à l'autre.

ÉDOUARD ET ARTHUR. Jane Osborn!

ARTHUR, *à part.* Comment est-elle ici? Ah! bon! la garde-malade! J'aurais dû m'en douter.

JANE. Vous ne m'attendiez pas; vous pensiez m'avoir si bien terrassée par l'horrible scène de Blackland, mylord.... Mais, voyez-vous, quand on veut se débarrasser d'une mère, il faut la tuer. J'avais encore un souffle de vie, moi; assez pour suivre les traces du ravisseur d'Alice, assez pour la rejoindre, assez pour arriver près de ma fille, pour arriver à temps et la sauver de la mort,... et de vous deux.... Ah! vous vous disputiez ma fille là.... C'est donc à moi de la défendre.... (*A Arthur,*) contre vous d'abord, l'homme de toutes les débauches.

ARTHUR. Madame!

JANE. Silence! Et contre vous, ensuite, monsieur Garillan, vous le juste sans pitié, le juste injuste, qui dites à Alice, à cette éclatante innocence : « Tu es coupable des fautes de ta mère! »

ÉDOUARD. Je vous jure....

JANE, *l'accusant.* Taisez-vous, vous ne l'aimez pas; vous me voyez à travers elle, vous avez reculé devant elle, vous êtes cause de ce qui se passe aujourd'hui. Non, vous ne l'aimez pas! Qu'est-ce donc que vous lui voulez maintenant? Vous étiez parti, pourquoi revenez-vous? Je vous repousse aussi. Allez-vous-en tous deux, laissez-moi, laissez-nous, les hommes ne sont pas dignes d'Alice. Je la donne à Dieu! Est-ce que cela vous regarde?

ARTHUR. Avez-vous tout dit, madame?

JANE. Je crois que vous raillez, mylord. Mais je sais bien ceci : mon enfant est là, elle est malade, elle dort, pour la première fois depuis douze jours; prenez garde et laissez-moi la soigner en paix; car, voyez-vous, il y a une chose à laquelle vous n'avez pas songé, sir Arthur. Vous ne voyez en moi que la créature méprisable. Cette femme, dites-vous, c'est la fange des ruisseaux, c'est souillé et désespéré! Oui, mais c'est une mère! et les lois de tous les pays, celles des hommes et celles de Dieu, mylord, ont pour habitude de défendre et de protéger les mères!

ARTHUR. Bien! maintenant si nous parlions raison.

ÉDOUARD, *à Arthur.* Tenez-vous pour averti, monsieur, que je vous défends d'insulter cette femme.

ARTHUR. Monsieur, vous n'avez pas, je pense, la prétention de me tuer deux fois. (*A Jane.*) Un mot de vous, et vous serez, en effet, assistée d'un magistrat, votre fille vous appartient, vous pourrez la réclamer, l'emmener, la garder. Vous n'aurez, je le sais, qu'un mot à dire. Mais rappelez-vous qu'un jour à Blackstown, il n'y a pas longtemps, pour que moi je ne le disse pas ce mot-là, vous avez accompli, vous, un acte de soumission assez pénible.

JANE. Ciel!

ARTHUR. Et ce mot-là que vous avez arrêté sur mes lèvres, vous l'iriez dire vous-même!

Vous déclareriez publiquement que vous êtes la mère d'Alice, d'Alice, qui a fui la maison de Jane Osborn, qui eût chassé Jane Osborn de son chevet si la maladie ne lui eût ravi la raison! Jane Osborn, le scandale de Londres viendrait dire à Alice : « Je suis ta mère! » C'est impossible! Alice reculerait d'horreur devant toute cette souillure lui tendant les bras, et fuirait une seconde fois devant vous.

JANE. Plus bas! plus bas!

ARTHUR. Ah! je vois que nous commençons à nous entendre.... Vous avez été jusqu'ici une fière et souveraine créature, Jane Osborn! superbe, dédaigneuse, insatiable, un modèle de beauté et d'insolence. De l'un des plus grands noms d'Angleterre, du nom de Nottingham, vous avez fait une chose triste et ridicule, un mot de passe pour les huissiers et les recors. Détruire dans un homme toute une race! quel festin! il l'a fallu à votre appétit de Phryné! Très-bien! mais on n'est pas parfait, et vous aimiez votre fille! C'est une faute! Ah! c'est une grande faute! (S'animant.) Votre cœur de glace, à vous autres, voilà votre force! Si le cœur se fond, vous êtes perdue! Et vous aimez votre fille! Elle ne sera pas à moi, dites-vous! Eh bien! elle ne sera pas à vous non plus! Frappez-moi dans mon amour, moi, je vous frappe dans votre maternité; dites un mot, mettez-vous sur ma route, et je dis à Alice : « Voilà ta mère, en veux-tu? » (Jane pousse un cri déchirant.)

ÉDOUARD. Vous m'oubliez, monsieur?

ARTHUR. Ah! pardieu! mon cher, vous m'agacez. Puisqu'il est entendu que je vous tuerai, tenez-vous donc tranquille.

ÉDOUARD. Misérable!

JANE. Ah! cet homme, c'est un démon!

ÉDOUARD. Oui, madame, un démon qui s'appelle le châtiment.

JANE. Mon Dieu! mon Dieu! Est-ce donc là, en effet, la punition? L'ai-je méritée et si horrible! (La porte à droite s'ouvre lentement et Alice paraît, pâle et faible, elle est en peignoir blanc et s'appuie au chambranle de la porte.) Comme tant d'autres, j'ai quitté le sentier du devoir pour le chemin fangeux des plaisirs, j'ai vécu de leur vie fiévreuse, subissant le mépris, riant au dehors, et saignant souvent dans les ténèbres. Affichant Messaline et cachant Madeleine! J'ai été Jane Osborn, enfin! mais j'ai toujours conservé par le coin de mon cœur où vivait mon amour pour ma fille. Peu à peu cet amour a rempli, puis purifié mon cœur; longtemps j'ai béni Alice de loin, n'osant l'approcher, et je ne suis entrée dans sa vie que lorsque toute protection lui a manqué. Je n'ai jamais eu qu'une pensée, voir Alice honorée, respectée, heureuse, j'ai tout sacrifié à cela, même mes joies et mes droits de mère.... et même en la tenant mourante dans mes bras, je n'ai rien dit, j'ai étouffé mes cris d'amour et d'angoisses, j'ai retenu mes baisers, j'ai gardé mon secret, je mourrai avec lui. Et la récompense, ô mon Dieu! cet homme me le dit, et il a raison, la récompense, la voici : si Alice savait la vérité, je lui ferais horreur, et si je lui disais : Ma fille, elle me répondrait....

ALICE, se précipitant dans ses bras. Ma mère!

SCÈNE V.

LES MÊMES, ALICE.

JANE, égarée. Mon enfant! mon Alice! tu l'as dit, tu m'as dit : Ma mère! Ma fille! quoi! tu me pardonnes!... Ah! alors, c'est fini, je n'ai plus rien à craindre, Dieu est derrière moi! Allez-vous-en, mylord, votre haine n'a plus rien à faire ici. (Elle étend la main et ne l'abaisse que lorsque Arthur, pâle et consterné, a disparu.) Ah! c'est donc vrai, tu veux bien que je sois ta mère!

ALICE. Ma mère! ma mère! ma mère! Je vous aime! Oh! quelle vie de tortures! juste Dieu! mais l'épreuve est finie. Oh! quand je vous ai entendue sangloter, mon cœur s'est élancé vers vous; il me semblait qu'une puissance divine mettait dans ma main la clef du ciel et me disait : Ouvre-lui!

JANE, défaillante, et mettant la main sur son cœur. Il te l'a donnée, en effet, c'est la porte du ciel, et je le vois qui s'ouvre. Alice, soutiens-moi, ce que la douleur n'a pu faire, la joie l'accomplit. Alice, je vais mourir.

ALICE. Ma mère, que dites-vous? Ma mère, vivez! ma mère bien-aimée, ma mère!

ÉDOUARD. Ah! rassurez-vous, Alice, ce n'est rien, un spasme. Attendez-moi, je vais amener du secours, un médecin.

SCÈNE VI.

LES MÊMES, GEORGES, CORNHILL.

ÉDOUARD. Georges!

GEORGES, il se soutient à peine. Le voici, le médecin; mais qu'on se dépêche.

JANE, lui tendant la main. Merci, je vous attendais.... Je bénis le ciel qui me permet de vous dire adieu!

GEORGES. Adieu! non, Jane, nous partirons ensemble.

JANE, remarquant la pâleur de Lambel. Dieu!

ÉDOUARD. Georges, que signifient ces paroles?

CORNHILL. Cela signifie que ce scélérat de Nottingham a eu le premier maître d'armes de Londres....

JANE. Hélas! que va devenir ma fille?

GEORGES. Édouard.... vous avez refusé d'épouser Alice Osborn; ne m'interrompez pas: épouserez-vous Alice Lambel?

ÉDOUARD. Georges, que voulez-vous dire?

GEORGES, il fait passer Alice près d'Édouard. Approchez, monsieur. (Un pasteur de l'Église anglicane qui se trouvait debout près de la porte, s'approche et pose un livre ouvert sur la table.) Je déclare devant vous, révérend pasteur de notre Église, et devant Dieu près de qui je vais paraître, que je prends Jane Osborn pour femme et que je reconnais Alice pour ma fille.

JANE. Georges!

LE PASTEUR. Acceptez-vous, madame?

JANE, mourante. J'accepte. (Elle s'agenouille et s'affaisse sur elle-même.) Console-toi, ma fille, je meurs, je meurs.... bien heureuse! (Elle veut faire un effort pour continuer et retombe morte avec un soupir.)

ALICE. Mon Dieu!

CORNHILL, sanglotant. Cette pauvre Jane, je ne me doutais pas que sa mort me ferait pleurer.

GEORGES. Alice, on t'aurait reproché ta mère, on ne te reprochera pas un tombeau. (Édouard et Alice s'agenouillent près de la morte. Lambel d'une voix pénétrante:) Tout ce que je désirais, vous me l'avez donné, Seigneur. De cette femme je ne voulais que l'âme, cette âme s'envole, et la mienne ira la rejoindre. (Le pasteur reçoit Lambel dans ses bras, le rideau baisse.)

BIOGRAPHIES
DES HOMMES DE LA GUERRE D'ORIENT
PAR EDMOND TEXIER.

En vente :

1 L'empereur Nicolas.	10 Le roi Othon.	19 Baraguey d'Hilliers.	28 L'amiral Ricord.
2 L'amiral Napier.	11 Le prince du Monténégro.	20 L'amiral Dundas.	29 Le prince Napoléon.
4 Schamyl.	12 L'empereur d'Autriche.	21 Lord Palmerston.	30 Le général Canrobert.
4 Omer-Pacha.	14 Lord Raglan.	22 Lord Redcliffe.	31 Le général Bosquet.
5 Menchikoff.	14 Parseval-Deschènes.	23 Gortschakoff.	32 Le général Forey.
6 Abdul-Medjid.	15 Reschid-Pacha.	24 Le grand-duc Constantin.	33 Drouyn de Lhuys.
7 Le maréchal de Saint-Arnaud.	16 Le roi de Prusse.	25 Le général Danneberg.	34 Le duc de Cambridge.
8 Le maréchal Paskewitsh.	17 La reine d'Angleterre.	26 Le général Liprandi.	35 Le général Lourmel.
9 L'amiral Hamelin.	18 Le prince Albert.	27 Le général Osten-Sacken.	36 Le général Pélissier.

Chaque volume in-12 orné de portrait, contient une ou plusieurs biographies, et se vend **50 centimes**.

L'ÉCHO DE LA GUERRE

OU

RELATION COMPLÈTE DES OPÉRATIONS DES ARMÉES ALLIÉES

dans la Baltique, sur le Danube et dans la mer Noire,

PAR LÉOUZON LE DUC.

1 vol. in-4°, illustré de 26 gravures, de 5 plans du théâtre de la guerre, et accompagné des cartes complètes de la Baltique, du Danube et de la mer Noire

Prix : 1 fr. 50 cent.

<table>
<tr><td>

GÉOGRAPHIE
DU THÉATRE DE LA GUERRE

ACCOMPAGNÉE

DE TROIS CARTES COMPLÈTES COLORIÉES

DE LA BALTIQUE, DU DANUBE, DE LA MER NOIRE

DES PLANS

de Sébastopol, d'Odessa, de Cronstadt, de Schoumla
de Constantinople, de Silistrie
de Saint-Pétersbourg et d'Helsingfors

PAR

V. A. MALTE-BRUN

professeur de géographie au collège Stanislas

1 joli volume in-12 contenant la matière d'un gros volume in-8°

Prix : 1 fr. 50 cent.

</td><td>

CARTE GÉNÉRALE ET COMPLÈTE COLORIÉE
DU THÉATRE DE LA GUERRE

Contenant une carte de la Baltique, du Danube, de la mer Noire, les plans de Silistrie, Schoumla, Saint-Pétersbourg, Constantinople, Sébastopol, Odessa, Cronstadt et Helsingfors; et accompagnée de huit jolis portraits coloriés, représentant : l'Empereur des Français, la reine d'Angleterre, l'empereur de Russie, le Sultan, l'empereur d'Autriche, le roi de Prusse, le roi de Grèce et Schamyl.

Une feuille de 78 centimètres de largeur sur 56 de hauteur.

Prix : 1 fr. 50 centimes.

PLAN COLORIÉ
DE SÉBASTOPOL

dressé par BINETEAU, géographe

de 26 centimètres de largeur sur 16 de hauteur

Prix : 25 centimes.

</td></tr>
</table>

Ch. Lahure, imprimeur du Sénat et de la Cour de Cassation
(ancienne maison Crapelet), rue de Vaugirard, 9.